JN066369

北一輝がゆく

国家改造法案と二・二六事件

NAKAGAWA YOSHIRO

中川芳郎

花伝社

北一輝がゆく——国家改造法案と二・二六事件◆目次

緒言

北一輝は、『国家改造法案』の実現を目指した二・二六事件の首謀者として処刑された、というのが、巷間での大方の見方である。しかし、これは、陸軍の軍法会議で示された捏造の多い判決内容そのものであり、事実をたどってみると、二・二六事件は北一輝の「改造法案」の実現とはまったく無関係な事件であり、決起の計画にも北一輝の指導はまったくなかったことが分かる。

昭和初期の革新右翼の歴史は、これまで北一輝の研究家や歴史学者によって、ほとんど限なく探求されつくしたかに思われるが、北一輝の著書『国体論及び純正社会主義』の政治理論と対比させながら、この時代の動静を分析した探究はあまり見かけなかったと思う。この長大な著書の核心部分は「天皇が国民の総代表になって議会に出る」であるが、戦後の新憲法で北一輝の構想に近い天皇像になったものの、北一輝の政治理論から歴史を眺めなおしてみると、これからの日本の政治を考えるヒントが、まだ残されていると気づかされる。

本書は、北一輝の著書に書かれた政治理論を歴史と対比させながら、革新右翼の活動家らの自伝や評伝をはじめとする記録の事跡を辿り、北一輝と彼らの行動の具体的な全体像を、歴史の中に浮き上がらせようと試みた小説である。記録のない部分は、著者の創作で補われている。

革新右翼の人たちが改造に走った背景には、脅迫的な不安の影があったこと、その不安の発生源が日本の社会構造の欠陥にあったこと、その欠陥が天皇制政治体制に由来していること、改造法案は青年将校たちの思想には馴染まなかったこと、改造法案の存在は歴史の展開とはまったく無関係だったことなど、現在でもなお意義の失われていないスケッチが提示できたのではないかと思う。この小説が歴史探究の一助になれば、誠に幸いである。

一　改造の目標

北一輝は、上海の日本租界にあった太陽館に居を構え、辛亥革命の上海起義のころ結婚した松崎洋行ホテルの仲居・すず子と、中国の革命家・譚人鳳の孫の瀛生（えいせい）と三人で暮らしていた。『改造法案』は、そこで断食をしながら執筆したもので、仕上がった原稿は、弟子になったばかりの岩田富美夫に、日本の猶存社まで届けさせた。執筆時は『国家改造案原理大綱』と題されていたが、大正十二年の改造社版刊行時に『日本改造法案大綱』に改題されている。

日本の革新右翼の結社である猶存社では、主宰する大川周明と満川亀太郎が『改造法案』の原稿に目を通し、大正八年（一九一九年）の秋からガリ版切りの作業がつづいていた。全体は次のような構成だった。

巻一　国民の天皇
巻二　私有財産限度
巻三　土地処分三則

巻四　大資本の国家統一
巻五　労働者の権利
巻六　国民の生活権利
巻七　朝鮮その他現在及び将来の領土の改造方針

猶存社に集まった面々は、ガリ版切りにまわっていない原稿、あるいはガリ版切りの終った原稿を取りがちにして、思い思いの場所で思い思いの章を丹念に読み耽っていた。

『巻一・国民の天皇』によれば」と、何盛三（かせいぞう）が叫ぶように言った。「天皇大権の発動によって憲法を三年間停止し、戒厳令を布くんだぜ。すごい。天皇によるクーデターだぜ！」

別の巻を読んでいた社員たちが、いっせいに何盛三を振り返った。北一輝に結社への参加を要請しに大川が上海に渡ったとき、その旅費を愛蔵の書籍を売り払って捻出した当人だけに、内容の確認にも格別な熱の入れようだった。何盛三はその分野では支那語学者として名の知られた法学士だった。


「憲法停止？」

「クーデター？」

「戒厳令？」

いきなり過激な展開になるので、みんな固唾を呑んだ。

「原稿では憲法停止三年間となっているが、現行憲法にはその規定がないはずだがな」と、向こうから東京帝大法学部学生の安岡正篤（まさひろ）が言った。

「だから、天皇大権にすがるわけです。天皇は国民の総代表なんです」と、島野三郎が読みあげ、耳から下りてくる黒々とした顎鬚を撫でた。「総代表ゆえに、この大権は、天皇ひとりによる発動ではなく、天皇と国民団集とが合体した権力の発動なのです。ここは、非常に重要なところであります」

島野は、ロシア留学中に革命が起きて帰国した後、大川周明のいる満鉄の東亜経済調査局で働いていたが、猶存社で北一輝と知り合い、意気投合して信頼を得ていた。後日、一人で編纂した『日露辞典』を刊行する学識者である。

「そのクーデターで、まず、現在の枢密顧問官らの官吏を罷免し、天皇が任命した五十名の議員によって《顧問院》を設置する」と、慶應義塾大学教授の鹿子木員信（かずのぶ）が何盛三のもった分冊を覗きこみながら読み上げた。「この学識経験者らが、天皇に改造計画の助言、提案をするのであります。次に、憲法が保障している国民の自由を、現実には拘束してしまっている諸法律を廃止する。文官任用令、治安警察法、新聞紙条例、出版の自由の禁止法、集会の自由の禁止法などなどを、すべて廃止するのだ。華族制度、貴族院も廃止する」

鹿子木の声は感動したように震えていた。元老、華族、貴族院などが、後日、天皇を束縛する君側の奸・重臣ブロックとして、革新右翼や青年将校たちの排撃の対象にされてゆくことになる。

「次は、《国家改造内閣》を組織するんだね」と、何盛三が念を押した。

「全国民から広く偉器を選ぶ。つまり、頭脳や徳の優れたやつを選んで、改造内閣員を構成するんだ」と、原稿を覗いていた東京帝大法学部学生の中谷武世が声を弾ませて言った。「ただし、軍閥、吏閥、財閥、党閥、藩閥の人々は避ける。いいぞ、いいぞ」

「その改造内閣によって」と、何盛三が続けた。「戒厳令施行中に二十五歳以上の男子による《普通選挙》を行い、《国家改造議会》を招集し、改造内容を協議する。天皇は、協議された改造案を憲法改正案として議会に提出し、《改正憲法》を決定する。いいかな? 新しい憲法ができるんだぜ。それでは、いよいよ、改造の具体的内容に入ってゆくぞ、いいかな? まず、皇室財産をすべて国家に下付すること。……これは?……これでいいのかな?」

皇室財産は、大部分が御料林と呼ばれる山林であるが、土地の広さは日本の全国土の三%強で、長野県の面積に匹敵した。これは明治維新の折、徳川家の財産を継承したからであった。

「天皇が国民の総代表になるということは、天皇は日本国に養われる国民の一人になるわけだから、これでいいのさ」と、島野が丁寧に解説した。「天皇は持っていた国家主権をそっくり国家に渡し、日本が皇国ではなくなり、ほんものの近代国家になるという段取りですからね」

島野の解説に、みんなはまだ釈然としない顔をしていた。

「どこにも、そんなことは書いてないぞ」

「これには細かく説明していないが」と、島野は続けた。「先生の若いころ書かれた『国体論及び純正社会主義』にはちゃんと書いてあるんだ。天皇は国民の総代表であるが、他の国民と違って特権を持っている。どんな特権かといえば、《皇位継承権》と《憲法改正発議権》なのであります」

「そんな本を、もう読んでいるのか?」

「ロシアから帰ってから、すぐ読んだんです。北先生に呼ばれて、ロシア革命の現実の経緯をあれこれ訊かれたんですが、『これを読んで感想を聞かせてくれ』と言われて読んだんです」

「国庫から皇室費が年額三千万円支出される、とちゃんと書いてあるよ」

笠木がそう言うと、みんな納得したげに大きく頷いた。

「『巻二・私有財産限度』です」と島野が言った。「国民一人当たりの私有財産限度は、一人三百万円まで。これは国家も他の国民も犯すことのできない国民各自の所有権である。それを越えた財産は、すべて無償で国家へ差し出す。私有財産を調べるのは、在郷軍人団であります。在郷軍人団は、いわば国民の各層から選ばれた国民会議で、軍部ではないんです」

「島野先生、三百万円というのは多すぎないでしょうか?」と、笠木が訊いた。

三百万円は、現在の幣価で約百五十億円ほどになろうか。

「笠木先生はいま、私有財産を三百万円は持っていないということですね?」

「ばれたか」と、笠木は頭を掻いた。

あちらでは、安岡正篤が首を捻って大声を上げていた。

「『巻四・大資本の国家統一』に入ります。私人の生産業限度を資本一千万円までとなってるけど、これは多すぎるかな? 少なすぎるかな?」

「私人の生産業とは、現在の三井や三菱などの財閥も含まれるのだろう?」と、鹿子木が応じる。「欧米の巨大企業との生産競争まで想定しての話だよ。アメリカのトラストやドイツのカルテルの話が書いてあるじゃないか。欧米の巨大企業に対抗するんだぞ。多すぎないだろう」

三井や三菱などの財閥の年間取引額は、大正十年時点の時価で約十五億円であった。これは、その年の日本の国家予算に匹敵していた。ここから考えると、北一輝の視野にこれらの解体的縮小が想定されていたのは確かである。

「ちょっと待ってくれないか。資本主義は打倒してしまうんじゃなかったのかい？」と、猶存社員の綾川武治が解せないという不満の表情で言った。「財閥や資本主義は解体じゃなかったのかい？」

「財閥は解体です」と、島野が力強く言った。「しかし、資本主義なしに豊かな国家経済は維持できませんから、財閥は解体でも、資本主義は存続です」

やがて、清水行之助がよこから口を挟んだ。清水は上海で知り会ってから、北一輝に深く親炙するに及んでいたが、清水を通じて岩田冨美夫も北一輝と知り合い、弟子入りしていたのである。

「これはつまり、《国民の自由》という人権からの発想なんだ。註にそう書いてある」と、清水が言った。「国民の自由という人権が表現されるのは、生産活動の自由のなかだ、と。また、国民個人の自由な活動は、私有財産から生まれるって。この個人の自由な活動のなかに、享楽も含めておるんだよ。享楽だよ。さすが、北先生らしいや」

「清水はやけに嬉しそうぢゃないか」と、鹿子木が言った。

「そう、おれは遊び人だからな。へへ」と言って、清水は、上海でよく通った遊郭での楽しい日々を思い出していた。

「私有財産が限度を超えているときに、それを限度まで抑えるのに、どのように浪費してもいいと書いてある」と、鹿子木が驚いたように言った。「酒色遊蕩であっても咎められることはない、とくる。酒色遊蕩でいいんだぜ、清水」

「おれのような人間を切り捨てて始末するのは簡単だが、国民がいなくなってしまっては困ると考えたんだよ。きっとそうに違いない。こんなおれでも、立派な国民の一人だって認めてくれてるわけよ」


『改造法案』の「国民の自由という人権」とは、国民個人の主権のことであり、端的に言って個人主義に基づく民主主義である。北一輝はかねがね、日本では、フランス革命のような個人の絶対的自由を実現した「個人主義の革命」を経ていないから、個人主義はまだ日本には存在しないとし、自由民権運動も国民個人の主権の主張ではなく、国権に対する、国民という団集の権利の主張にすぎないと指摘していた。だから、個人主義の革命をこれから実現したいと考えているのである。

北一輝は生涯、個人の尊厳を大事にし、個人主義を手放すことはなかったが、個人万能主義者ではなかったから、国家主義も個人主義同様、重要な思想の柱だった。独立独歩が北一輝の人生哲学で、弟子や書生となった人にも、個人主義による自立を求める対応をした。思想の展開と行動のすべてが個人主義を出発点としていたが、革新右翼の人たちにとっては、個人主義に立脚して行動するには、人間存在の孤独、個の自立などという存在論も認識論も、まだまだ準備が不十分だった。

北一輝にとっては、個人主義による個人の進化がなによりも革命の源泉だった。その源泉には《個人的利己心》があるが、人は社会に出ることによって《社会的利己心》すなわち《公共心》を育んでゆき、それによって《国家主義》を獲得し、初めて《人間（社会人）》に成長するのだと北一輝は主張した。すなわち、人は《社会》に出ることによって初めて《個人》となるのである。こうした個人の進化が、政治の自由、職業の自由、信仰の自由をもたらす社会へと進化発展し、その社会の進化が、国民すべてに平等をもたらす国家へと進化させてくれるはずであった。これが、北一輝の構想した《純正社会主義》である。

この北一輝の《社会進化論》の一部分を捉えて、ドイツのヒトラーが提唱し展開した《社会進化論》（ファシズム）と同一視する向きも北一輝研究者の一部に散見されるが、同じ社会進化論でも、ヒトラーの社会進化論が、《個人の主権の全否定》が大前提になっていたことは、いつもしっかりと押さえておきたいところである。また、北一輝を個人主義否定のファシストと決めつけてしまう大いなる過ちにも、決して陥らないようにしたいものである。

「私企業の限度外の、国家が没収した生産部門以外に」と、中谷が平賀磯次郎の持っている原稿を盗み見ながら言った。「国家が統一的に経営する生産的部門が、具体的に書いてあるぜ」

「読んでくれ」と、安岡が言った。「ここが、社会主義の部分だな」

「その一が銀行省。財閥が現在、儲けに儲けている銀行業は、すべて国家経営になるんだ。海外投資もやるんだぜ」

平賀から原稿を奪い取って、島野が次を読みあげた。

「その二は航海省。遠洋航路を主とし、造船、造艦もやります。その三は鉱業省。大鉱山の経営、新領土を獲得したときに積極的に国有鉱山を開発。その四は農業省。台湾の製糖・森林の経営、台湾・北海道・樺太・朝鮮・新領土の開墾。大農法による農地経営。その五は工業省。外国に比肩しうる、海軍精錬所、陸軍兵器廠を含む大工業組織の形成。その六は商業省。国家および私人生産によるすべての農業・工業生産物を、物価の調節をしながら海外とも積極的に貿易する。その七は鉄道省。現今の鉄道院を、朝鮮鉄道、南満鉄道を含めて統一。私人生産業に必要な支線鉄道は私人の自由にさせる」

「国家がそれだけ統一的に経営したら」と、鹿子木が言った。「国庫の収入は莫大なものになるだろうね?」

「それが」と、島野が顎鬚を撫でながら慎重に言った。「国庫に入る収入のほとんどを、国民の生活保障に当ててると書いてある」

清水がポンと膝を叩き、声を弾ませて言った。

「北先生って、そういう人柄なんだ。巻五の『労働者の権利』や、巻六の『国民の生活権利』を読んでみろよ」

——国民の全生活は自由が原則で、国家は不干渉。労働賃金は自由契約。

——労働時間は一律に八時間とし、日曜祭日も有給とする。

——婦人に参政権はないが、婦人労働は男子と同じに自由で平等であり、国家改造後は、婦人の労働を免除する施策を考えるべきだ。婦人は家庭の光であり人生の花であって、妻として母として、男とは別の労働があるからである。

——満五歳から十五歳までの十年間は、男女同一の国民教育を受ける権利がある。この国民教育は、国民の権利であるから、無月謝、教科書の国家給付、昼食の学校支弁とする。

「それにしても」と、安岡が首を傾げながら懐疑的な口調で言った。「国民の自由という権利がここまで強調されて、国家が成り立つだろうか？　これはずばり、危険な《民主主義》そのものぢゃないか。ねえ、みんなはどう思う？」

みんな黙っていた。冷ややかな空気が立ちこめ、溜め息が洩れた。

「いよいよ、正月明けに本人から直々に届いた『巻八・国家の権利』だが……」と、鹿子木が催促した。

——国家はその生存と発達のために徴兵制を維持し、国民皆兵を採用する。

——国家は、自国の防衛戦の権利だけでなく、不義の下に強力で抑圧されている国家や民族を助けるための戦争を開始する権利を有する。正義のための戦争は、決して犯罪ではない。インドの独立、支那の保全のために、開戦する権利がある。また、人類が共存するという天道を無視して不法に大領土を独占しているオーストラリア、極東シベリアの領有のために開戦するのは、日本国家の権利である。

「オーストラリアと極東シベリアを日本がいただくんだ。いいぞ、いいぞ」

「そして結言だ」と、鹿子木がきっぱりと言った。

――日本民族は、各国家を統治する最高の国家が日本であることを悟るべきである。イギリスを破ってトルコを復活させ、インドを独立させ、支那を自立させた後は、日本の旭日旗が全人類に日の光を与えるだろう。世界各地で予言されているキリストの復活とは、まさにマホメットが示したのと同じに日本民族が掲げる経典と剣である――。

島野は天井を見つめながら、うーんと唸った。これは「大アジア主義」そのものだ。日本はいつから、世界連邦に導く世界最強の国家になったのだろう。あまりに唐突な飛躍のしすぎではないか。宣伝臭がぷんぷん臭ってくる。北一輝は、右派革新勢力を一本に束ねるために、体裁のいいアジを飛ばしているのだ。なにしろ現人神の天皇が、唯一神アッラーと対決しなければならなくなるわけだから、これだけでも有史以来の未曾有の事態だ。この段階では、この結言は単なる《アジテーション》と見ておくのが、賢明というものだろう。

島野は昭和の時代になってから、北一輝と組んで共産勢力に対抗するために、日本国内のイスラム教徒と中国国内のムスリムを連携させようと、あれこれ画策を試みている。また、政教一致の国家体制を望んでいた大川周明は、政教一致のイスラム教への深い理解を示した著作『回教概論』を、昭和になってから刊行するのである。

明治維新が目指した近代国民国家の確立には、国家主権の確立と個人の主権の確立という二本の柱が絶対必要な条件だった。この柱によって国民と国家の意志を統合して挙国一致（全体最適解）に導く最終統合体制が築けるのだが、日本では《天皇の裁可》という要件があったために、挙国一致を導き出す《最終統合機関》がどうしても設立できなかった。省庁や陸海軍はもちろんその機関ではありえないが、内閣や国会でさえその機関ではなかった。裁可ではなく天皇の命令であれば天皇が最終統合機関になるのだが、命令を発したときは、天皇の責任問題が発生してしまう。それを回避する仕組みが裁可だから、裁可があるかぎり、最終統合機関はどうしても設立不能なのである。《御前会議》という最終統合の方法があったが、これは国家の存亡を左右するような非常事態でもたれる会議であり、日常の会議としてはまったく馴染まない。

こうして、維新政府の導入した天皇制体制の下では、天皇による国家主権の確立と個人の主権の確立（普通選挙）という二つの柱が、いつも対立的に向き合うことになった。すなわち、天皇による国家主権を維持しようとすれば、国会は無視されて個人は主権を発揮できない。個人の主権確立を優先して国会を最終統合機関にすれば、天皇による国家主権は宙に浮いてしまう。このような厄介な二項対立である。そこで明治国家は、個人の主権は認めず、天皇と個人を主従関係に置いて、主君としての天皇に国民を従臣として絶対服従させる一本化、「天皇主権の絶対化」（教育勅語）による国家主権の確立へ導いたのであった。

この体制下では、「私的なこと」は「反社会性」と決めつけられ、「悪である」とされた。こうして明治以来、日本では無政府主義や社会主義・共産主義が危険思想に挙げられていたが、《民主主義》は危険思想の最上位に位置づけられることになったのである。ここから日本では、統治者としての「官」(公)と、被統治者としての「民」(私)が、いつも真っ正面から対立する構図が築かれ、その桎梏の中で生きることになった。

明治時代のこの二項対立を、「解消されなければならない」といち早く考えたのが北一輝である。彼は中学生の頃、教育勅語は、憲法の認める個人の主権を侵害しているから憲法違反だ、として教師に反抗していたが、明治三十九年、二十三歳ですでに、この二項対立を解消する政治制度を考え出していた(『国体論及び純正社会主義』)。それは、「天皇が、皇位継承権と憲法改正発議権という特権を持った一国民になり、普通選挙で選ばれた一般国民議員と共に、国家最高統合機関としての議会を運営する」という方法である。そのために教育勅語や裁可という制度は廃止し、「天皇が国民の総代表となる」方法によって、天皇制と民主主義とを両立させた最終統合体制ができ上がり、挙国一致(全体最適解)が実現できるのである。天皇機関説に基づいた立憲君主制による共和政治の実現である。

参考までに、日本と同じ立憲君主制をとる英国を見てみると、君主は君臨するだけで統治に口ははさめず、政治統治の場では、議会が絶対的な権限を握っていた。国家主権は議会を通じた全国民の手にあり、軍部も省庁も議会の統率下にある。すなわち、君主機関説に基づく共和制である。議会では、「官」(統治者)を務めるのは、「民」(被統治者)の代表者であるから、

「官」と「民」はもともと一体である。この英国議会の権限は、「人間の性別を変えること以外は、何でもできる」と揶揄されたほど絶大なものだった。

明治も後期になると、海外からの影響で社会主義運動、共産主義運動が盛り上がった。社会主義者、共産主義者の多くは知識人や労働者だったが、その理念どおりに国家を否定して国際的に連帯し、国境を越えて《革命》運動を展開した。その高揚の中、大正六年（一九一七年）にロシア革命が起き、共産主義国家が現実に出現すると、左派への警戒意識は急速に強まり、右派も《大正維新》を叫び、自勢力の拡大強化に努めるようになった。

第一次世界大戦後、本格的な重化学工業化を遂げた日本の資本主義は、国家独占段階に入っており、全国各地から多くの労働者を生み出し彼らは都市に集まった。労働者となって故郷の共同体を失った人々の内面では、「崩壊し喪失した共同性への飢餓感」が高まっていた。人々に「社会」という共同体を発見させ、《大正デモクラシー》と呼ばれる一時代が生まれたのも、このような中であった。唱歌『叱られて』や『赤とんぼ』が流行ったのもこの頃である。ただ、吉野作造が主導した民本主義とは、国民に主権があることは棚上げにしたデモクラシー運動だったため、尻すぼみに終息することになった。こんな中で、革新右翼による《皇室を中心とする共同体》への「改造」の動きが出てきた。橘孝三郎らの農本主義もこの流れである。農本主義は、郷土主義であり、社稷（しゃしょく）共同体を目指したから、社稷を否定する北一輝の近代的な《国家主義》には、反旗をひるがえした。

さらには、みんなの心に忍び寄る正体不明の「不安」もあった。最終統合機関が不在なために、挙国一致（全体最適解）を実現できない日本の政治は、民意を統合した国家目標が立てられず、強い派閥（政党）が我田引水的に企てた私的政策による政治か、あるいは、外国の押しつけてきた要求に選択的に対応するだけの調整政治で、国家は全体を見渡した国家政策も立案できずに漂流していた。このような脆弱な政治は、陰に陽に人々にいつも不安を投げかけ、焦燥感を募らせ、将来への危機意識をいたずらに肥大させることになった。その不安を無意識のうちに超克しようとした結果、「このままではいけない」「改造しなければ」という衝動が脅迫的に亢進してしまったのである。また、最終統合案が出せないという事態は、それならば自分たちの派閥勢力がそれを実現してやろうという衝動を生むことになり、どこがその主導権を握るかで相争う、という諍いをもたらすことになった。「改造運動」は、こうして時代を画す潮流となり、革新右翼と呼ばれる人々を派閥の闘争に走らせることになったのである。

ただ『改造法案』では詳細な解説はなく、国民の総代表としての「国民の天皇」と書かれているだけなので、特権を持つ総代表となった「国民としての天皇」なのか、「国民の上に統べる神聖な存在としての天皇」のままなのか、「特権階級の天皇」ではなく「国民の天皇」なのか、曖昧なままである。受け取りよう如何で、天皇絶対主義者にも国民主権論者にも受け入れられる文言となっている。北一輝はこの曖昧な多義性を、意図してそのままにしたと思われる。

大正九年（一九二〇年）の正月明けに、北一輝から手渡された最終章の原稿のガリ版切りがやっと終わり、いよいよ印刷にかかった。満川は丸坊主の頭を掻きながら、よく仕上げたなという充足した表情で、刷り係の岩田の剛力無双の作業を眺めていた。原紙が破れないかと心配するほどだったが、やはり破れてしまい、ガリ版を切りなおした部分もあった。北一輝に「刊行せずに少数者に配布するように」と念を押されていたので、赤穂浪士の「討ち入り」に擬して四十七部をまず印刷した。

満川は謄写版『国家改造案原理大綱』に大川と連名で「頒布の辞」をつけて周囲の先輩たちにさっそく秘密裏に送致した。上原勇作陸軍大将・元帥、八代六郎海軍大将、上泉徳弥海軍中将、小笠原長生（ながなり）海軍中将、佐藤鉄太郎海軍中将、田中義一陸軍中将、国本社・山口勝中将、福田雅太郎陸軍大将、佐藤鋼次郎陸軍中将、床次竹二郎（とこなみたけじろう）政友会内務大臣、井上準之助、中川小十郎、永井柳太郎、中野正剛らである。秘密裏にした理由は、左翼の労働運動家の手に渡るとさまざまに妨害されかねないと、危惧したためであった。

軍の幹部関係、政界関係者、内務省関係者などだが、昭和になって血盟団事件で命を落とすことになる井上準之助は、日銀の京都出張所長をしており、満川はそこに務めていた縁で猶存社への資金援助をお願いしていたのである。中川小十郎は、西園寺公望の創立した立命館大学の総長で、西園寺公望の秘書をしていた。中野正剛は無所属の国会議員だった。

政府関係者でこの『改造法案』を手に入れて読んだのが、貴族院の江木千之（かずゆき）である。彼はここに盛られている思想が、自由主義と民主主義であることをすばやく見抜き、さっそく内務大臣・床次竹二郎に「危険思想が盛られている」と訴えた。床次も読んでみて江木に賛意を表し、出版法違反で三十円の罰金と頒布禁止を北一輝に命じた。

しかし床次は、満川と親しくしている同級生の鈴木誠作が、本人に直接接して下した北一輝評価からも、自分の野心の実現に利用できる人物と読んだのである。そこで陳謝の意を表明する振りをして内密に三百円ほどを包み、永井柳太郎に頼んで北一輝に届けさせた。

北一輝も、自分の革命過程でなんらかの手助けを頼めそうな政界の重鎮と見ていたから、この処置は願ってもない僥倖だった。以前から、床次が町屋政治を嫌っているという噂から、北一輝が一目置いていた人物だった。

憲政会の国会議員となっていた永井柳太郎は、満川亀太郎から送られてきたガリ版刷りの『改造法案』を読んで感嘆の声を上げ、周囲に一読を勧めていたが、大正十二年に改造社版の『日本改造法案大綱』が出ると、ある日、わざわざ北一輝を訪ねてきた。北一輝は褐色のワンピース型の支那服姿だった。背は低いものの、すらりとした出で立ちには、抜き身を見せられたような鋭さがあった。永井の視線が支那服のほうに流れると、北一輝が言った。

「これは、私がデザインしたものです」

生地は上等品だった。北一輝が支那服を好んだのは、支那革命への思い入れもあったが、浴衣などに比べ着脱が手軽で、日常生活で重宝していたからである。だから、後半生のほとんどを支那服姿で過ごすことになった。

「国宝級の著作を読ませていただきました」と、上背のある永井は右足のびっこを引きながらあちこちに眼を走らせ、いつもの低音の声で言った。「まさに眼から鱗でした。第二維新が必要と考えているものですから、周辺にも読むように勧めているんです。まさに東洋のラサールですよ」

永井柳太郎は、「西にレーニン、東に原首相」演説で一躍時の人になっていたが、ヴェルサイユ会議の帰りに上海の太陽館に立ち寄ってくれたし、なにより早稲田大学在学中の若いころから、雄弁な演説で大隈重信に可愛がられていると弟の昤吉から聞かされていて、北一輝はこの人物を身近に感じていた。

「このたび、加藤友三郎内閣で外務参与官に任命されましたが」と、照れ笑いを浮かべながら永井は言った。「ほんとうは陸軍参与官になりたかったのです。密かに企てている革新計画を遂行するには、どうしても現役の兵隊や在郷軍人を使わなくてはなりません。それには、まず、これはと思う兵隊たちと、かたく結束する必要があります」

「第二維新というのは、どんな内容なんですか?」と、北一輝は訊いた。

「現在の日本の組織体制では、国民の望むことが、国家的な一つの政策にどうしても結実しないからです。なぜかといえば、結実させる最終統合組織が、日本のどこにもないからです。一つに結実させるには、普通選挙の実現がまず大前提ですが、問題はその後です。国家政策を一つに集約するための新たな統合組織を、なにがなんでも創出することが絶対必要なんです」

「まさに、そのとおり」

北一輝は力強くそう頷いて、やはり見立てどおりの国柱(くにばしら)だったと、しげしげと顔を覗き込んだ。金沢出身の「加賀百万石の気品」が輝いているように映った。

二　現れた盟友

大正九年の秋、猶存社は牛込区の神楽坂から新宿駅に近い千駄ヶ谷に移転した。玄関先には《猶存社》と墨書された大きな木製の看板が下げられた。

そこは、船成金と呼ばれた山本唯三郎の邸宅で、千坪に余る広大な区画だった。永井柳太郎の紹介で大川周明が賃貸料なしで借りていたが、大正五年に来日した大川の友人ポール・リシャール夫妻も住みこんでいた。ポール・リシャールは天皇主義（テンノーイズム）に世界平和の基礎を置いており、大川と共鳴し合っていた。が、リシャールがインドへ旅立つことになり、その邸宅へ猶存社も移転し、北一輝も移ってきて住み込むことになったのである。それならということで、大川周明は北条泰時の菩提寺である北鎌倉の常楽寺へ引っ越して行った。

猶存社から山本邸への転居のとき、北一輝はほとんど無一文で、運送屋を呼ぶ金もなく途方に暮れていた。猶存社に出入りしていた原田政治は、それを見るに見兼ねて、牛込南町の家を同郷の知人に買い取らせて金を工面し、北一輝に渡してやった。原田は『二六新報』の秋山定輔や政友会の小泉策太郎らの私設秘書として駆け回る政界浪人で、猶存社の動きに網を張っているうちに北一輝と知り合い、思想というよりもその人物の大きさに惹かれていたのである。

原田は「呑舟の魚は枝流を游がず」という荘子の言葉を座右の銘にしていたが、北一輝こそ枝流などは泳がない「巨魚」と見たのであった。

こんなこともあった。転居ばかりしていると引越し貧乏になってしまうという話から、原田が北一輝に土地の購入を勧めたのである。すると北一輝は「地球の皮を買ってなんの役に立つ」と冷ややかに笑いながら言った。このとき原田の眼には、北一輝が地球の大地を見下ろしている巨人のように映ったのだった。巨人の眼で見下ろしているのでなければ、皆が眼の色を変えて欲しがる財産の広がりが、「地球の表面を覆っている皮」などに見えるはずがないではないか。

新しく移り住むことになった山本の邸宅には部屋がいくつもあったから、清水行之助、岩田富美夫、矢次一夫らをはじめ、革新右翼の連中が食客としてどっと住み込みはじめた。珍しいところでは大杉栄の元夫人・堀保子がいた。北一輝が在宅かどうかは、門からかなりの距離を歩いて玄関まで辿りつく必要はなかった。門のところで聞き耳を立て、法華経の読経の声が聞こえるかどうかを確かめればよかった。

十月初め、北一輝は満川亀太郎、大川周明と三人で、上京してきた大本教の出口王仁三郎に会う機会があった。

出口王仁三郎は、二年前に開祖出口なおの逝去によって大本教の二代目教祖になったばかりで、この八月には大正日日新聞社を買収していた。その新聞の用で上京することを知り、北一輝らは東京駅で待ちかまえていたのである。

大正日日新聞社は、昨年大正八年の『大阪朝日新聞』の「白虹」をめぐる筆禍事件で休刊を命じられて退社した鳥居素川らが、同年十一月に創立した新聞社だった。主筆兼編集局長・鳥居素川のもと、花田大五郎、丸山幹治、室伏高信、青野季吉、鈴木茂三郎、大山郁夫らを擁していた。青野季吉は佐渡中学校での北一輝の後輩で、昭和になってプロレタリア文学を領導してゆくことになる人物である。「白虹」事件というのは、大正七年の米騒動の報道の折、「昔の人が『白虹日を貫けり』と呟やいた不吉な兆が、人々の頭に稲妻のように閃く」と書いて寺内内閣を弾劾したため、新聞紙法によって発売禁止処分を受けたのである。

出口は三人の付き人を侍らせ、王冠の形をした布製の白い帽子を被り、体に大国主命のような衣服をまとっていた。付き人が本人を取り巻いていて駅の雑踏のなかでもすぐそれと知れたから、みんなは駆け寄っていった。北一輝がいると分かると、出口は付き人たちに下がっているように命令した。

「新聞社を買収したそうですが」と、満川は訊いた。「信者はどのくらいいるんですか?」

「八百万人ほどやな」

「えっ、そんなにいるんですか?　それぢゃあ、新聞は八百万部ですか?」

「うそ八百やないで、ほんまや。どや、宗教商売やらんけ。儲かりまっせ」

九月二十五日発行の『大正日日新聞』の復刊第一号が、朝日新聞や毎日新聞の発行部数をはるかに上回る四十八万部だったことが、マスコミ界だけでなく巷間でもしばしば驚嘆の的になっていたが、社会主義系統の読者だけでなく、大本教の信者たちが買ったのかと考えれば、納得がいった。第一号の巻頭言で出口王仁三郎は、時代の政治状況、社会状況を痛烈に批判しつつ、「かかる『時節』なればこそ、皇道大本が丹波の一角に出現し、天下に向かって獅子吼するにいたりたるなれ」と宣言していた。

「昨年、亀岡に造った天恩郷を見に来やはったらええ。明智光秀の亀山城趾を買って造ったんで、それはそれは豪華な本部や」

「大きくなると、また世間から虐められる」と、大川は揶揄して言った。

「そやなぁ、この人は無愛想な顔やが、見立てはなかなかのもんや。大本教は虐められるが、いじればいじるほど大きゅうなるわいな。政治学も、もともとは生理学に支えられておるちゅうことやな」

そう言って、出口王仁三郎は呵々と大笑いした。三人は話す意欲を失い、その場に信者たちが大勢集まってきて取り囲んでいるので、そそくさと別れた。

大川は歩きながら、吐き捨てるように言った。

「なんて下劣なやつだ。まったく、取るに足りない」

北一輝も満川も黙ったまま大きく頷いた。

「私の見立てでは」と、しばらくしてから北一輝が言った。「あいつのは邪霊だ。大本教の建替え・建直しは、大正維新でもなんでもない。手に入れた左翼系の新聞に反権力勢力を結集させ、その頭目になって絶対権力を手中にしたいというだけの魂胆だ。すっかり読めた」

北一輝に「天神様」という綽名をつけられていた満川も、菅原道真のような円満で温和な表情ではいられず、渋面をいつまでも刻んだままだった。

翌年、大本教は国家による初めての弾圧を受けた。この弾圧によって財政難に陥った教団は、新聞を手放すことになった。

大正十年、桜が散るころ、東京帝大の学生・岸信介が、山本邸の猶存社に北一輝を訪ねてきた。岸の大学の制服には、金ボタンが光っていた。北一輝は褐色の支那服姿で二階のお経の間で迎えた。

岸は東京帝大の憲法学者・上杉慎吉の主宰する木曜会のメンバーだった。岸じしん皇国主義者ではあったが、天皇を神聖化するあまり国民と遊離してしまっている現実に批判的だった。真に国体の精華を発揮するのであれば、天皇を国民のなかで国民とともに在らしめねばならない、と考えていた。そのためには、天皇を雲の上の人たらしめている華族制度や宮内省といった藩屏を取り払わねばならない。だから、北一輝の「国民の天皇」には大いに惹かれるものがあったのである。

「この金ボタンの制服は、なんとも懐かしいねぇ。ついつい、上海を思い出しますよ」と言って、岸の制服を眺めていた北一輝は、遠くを見る眼つきになった。「上海起義の折、革命に参加してくれたものの、若者たちの戦闘服が調達できなかったんですよ。そこで、日本留学中に着ていた制服姿のまま戦闘に参加することになったんです。この金ボタンの制服です」

「日本の金ボタンの制服姿で、銃を撃ったのですか?」

「彼らは実に勇敢でした。革命精神に燃えていましたからね。ただ上海は経済の実力者が革命派だったので、武力では南京ほど手こずらなかったんです」

「南京の革命にも参加されたんですか?」

北一輝は、四、五十人の整列した清軍兵士の、抜き払った青龍刀のなかをくぐり抜けた、南京の日本領事館に入る時の光景を思い出しながら、遠くを見る眼で頷いた。

その右の眼は義眼だった。北一輝は佐渡島の生まれだが、佐渡中学四年生の秋に、木の枝でわざわざ眼を突き刺して失明させ、義眼を入れていたのである。右眼にできる良性腫瘍のために小学生の頃からいくども手術を繰り返してきたが、これにこりごりしていたのは事実だった。ただ、それだけでなく、やがてくるはずの徴兵検査を逃れるためでもあった。どうしても徴兵を逃れたかった理由は、生まれつき腸が弱かったため、いつも下痢便に悩まされており、行軍などにとても耐えられる体ではなかったからである。

眼の障害のために、眼への関心は尋常ではなかった。小学校の授業で「この世でいちばん速いものは?」と問いかけられたとき、北一輝は「眼です」と答えて教師を驚嘆させたことがあった。眼とは視線のことで、視線は光を追いかけているから、教師の用意していた「光」という答と一致したのである。

それ以上、革命の話はなにも出なかったが、革命闘争の現場をくぐり抜けてきた革命家の放つ強烈な気迫が、吐く息だけでなく、肩の動きなどにも怖いほど漂っていた。

「一つお伺いしたいのですが」と、岸は恐る恐る訊いた。「天皇が国民に親しくすると、特権階級が威を張ることができなくなりますね？　彼らは、国民と親しくする天皇に、恐怖感さえ抱くにちがいない。この人たちが、唯々諾々と天皇にそれを許すと思われますか？」

北一輝は、眼光炯々とした隻眼で岸を睨んだ。岸はその魁偉な風貌に威圧され、背筋に震えを覚えた。

「特権階級が自らそれを許すか許さないか、そんな取引レベルの話ではないでしょう。改造とは、特権階級そのものをざっくりと廓清して始末することなんですから」と、北一輝はことなげに言った。「社会では、一本に繋がった芋蔓のようなものが何本も絡んでおり、その蔓の最末端部分の太い根元で、特権階級芋は甘い汁を大量に吸っているわけですが、その蔓を切断して、国民という芋をばらばらに解放してやるのが廓清です。権力者に栄養を送ってきていたその蔓が、途中で切断されてしまえば、どれだけのさばっていた芋権力者でも、萎びるしか未来はないはずです。ね、君、そうでしょう？」

北一輝と話してみて岸信介は、烈々たる革命家的気迫で人を圧倒してくるものの、話の内容には囚われのない現実的な融通無碍さを感じた。言葉で革命家ぶる気配の微塵もない颯爽たる姿が、岸の心をすっかり奪っていた。これほどスケールの大きな人物に出会ったことはないのではないか。

猶存社をおいとまするとき、岸は背後から北一輝に声をかけられた。

「空中に、君らの頼もしい青春の血で、新しい日本の歴史を書き上げたまえ」

大磯で暗殺事件が起きたのは、大正十年の九月二十八日のことだった。財界のリーダー・安田財閥当主の安田善次郎が暗殺されたのである。犯人は朝日平吾という三十一歳の無職の男であった。朝日はその場で自害して果てた。

朝日は自死したとき、二通の「遺書」を持っていた。一通は『斬奸状』であり、富豪としての社会責任を果たさず、国家社会を無視して貪欲を恣にしているので天誅を下す、という内容だった。もう一通は『死の叫声』で、現実社会の不平等にたいする強烈な「不同意」の意志で貫かれていた。

この遺書には、土地の国有化、大会社の国有化など、朝日が『改造法案』を一読していたと思われる内容が含まれていた。既成権力に平等主義で立ち向かう『改造法案』の基本姿勢に感動し共感しており、テロ行為が北一輝の著書に触発されたものであることを、本人に知らしめたかったのであろう、友人の奥野貫(かん)に預けた朝日の書簡の一通が、七歳年上になる北一輝宛のものだった。

朝日平吾による安田善次郎の暗殺事件は、朝日が人生の通常の順路から落伍したことが誘因になっている。日本の社会では、単独の個人がそっくりその人格を認められるということがなく、どこに属しているか、属している場がいつも問われるのである。学校とか職場など各分野の組織には、組織ごとに予定されている順路があって、そこに属していることで自分の人格が認められているから、問題を起こしてその順路からいったん排除されてしまうと、元のその順路に復帰するのはほとんど不可能に近い。これを北一輝は、《系統主義》と《忠孝主義》で固定された排他的な閉塞社会（タテ社会）と捉えた。系統主義とは、組織員を同系統の出身者で固め、平等主義で対等に行動させること、忠孝主義とは、自分の属している経済的従属関係における組織の長への忠誠を強要することで、普遍的な価値観の共有とは違う結束を求められることである。このような力学で排他的な閉塞社会となっているのが日本である。この社会では、教育勅語や国会の決議を屁とも思わない、その組織内だけで威張っている「乱臣賊子」が、「天皇面」して跋扈しているのである。

朝日は父の転勤によって、知人のいない土地で孤独な生活を送っており、父の再婚した義母には嫌われて不和がつづいていた。学校で教師に理不尽な処遇を受け、それに怒って中途退学しており、自暴自棄になって捻くれ、まともな順路から落伍してしまっていた。そのため、日本社会にいたたまれず朝鮮に逃げ、さらに満州にも渡ってみたが、どこもタテ社会のままで身を落ち着けられず、また日本に舞い戻っていたのだった。

それから一カ月ほどした十一月四日、原敬首相が東京駅で暗殺されるという事件が起きた。原首相は、怪漢に胸部を短刀で刺され即死した。

犯人の中岡艮一（こんいち）は、高知県生まれの十八歳、大塚駅で転轍手をしていた。裁判の過程で、直接の動機は、職場の上司である大塚駅の助役が、朝日平吾を賞賛する中岡艮一に向かって、それだけの勇気はおまえにはないだろうと嘲笑したことに反発しての犯行と分かった。平民宰相として国民から好感を抱かれ尊敬されていた原敬であるが、山県有朋と組んで無産労働者への選挙権授与に反対する原政治への不平感から、この暗殺事件も一部では賞賛された。

これらの事件に衝撃を受けた中谷武世は、笠木良明に「魔王のところへ行こう」と誘って猶存社を訪れた。辛亥革命の泥沼をくぐり抜けてきた北一輝が、安田や原の暗殺をどう分析しているか聞きたかったのである。「魔王」とは、みんながよく口にした北一輝の綽名である。神仏のような崇高な志と悪魔のように善悪を超越した超人的な人格が一つの身体に同居しているとして、大川周明が付けた。北一輝は大川のことを「須佐男(すさのお)」と呼び返していた。気性が激しく、向こう見ずだったからである。

「これから、いよいよテロリズムの時代に入る」と、支那服姿の北一輝は、口元に厳しい表情を浮かべて言った。「テロリズムは、来るべき革命の前提である。支那革命でつぶさに味わわされたが、宋教仁、そして陳其美、そして范鴻仙、そして陶成章と、次から次へとテロリズムで去って行く犠牲者を見送ってきたのだ。革命は、それからやっとその姿を現した。テロリズムに先行されない革命はないのだ」

中谷も笠木も、さすが偉大な革命家の発言だと納得して深く頷いた。

日本で明治から大正にかけて起きた《暗殺》と言えば、大久保利通、森有礼、星亨らの暗殺事件があるが、これらの目的が権力の座の争奪戦であったのに対し、朝日平吾による暗殺事件は、社会から排除された小市民の絶望の末の、全社会への復讐に近い個人行為であった。これは、止むに止まれぬ実存的挑戦だった。腐敗した社会全体を破壊し、個人に救済をもたらす新しい社会を創り出したいという、革命的衝動を秘めていた。北一輝には朝日の絶望と希望が、痛いほどよく分かった。その絶望は、必ずや希望する革命に転化しうるだろう。朝日のテロが無駄に終わらず、自分が目指している革命への気運をいっそう醸成してくれることを、心から願った。系統主義と忠孝主義で成り立った閉塞的なタテ社会を破砕し、自由で平等なヨコに広がる開放的社会を建設する、それが北一輝の革命目標だった。

昨年十一月から始まっていたワシントン会議は、年を越えて大正十一年（一九二二年）二月六日までつづいた。海軍軍縮と極東・太平洋問題に関する国際会議で、アメリカ、ベルギー、イギリス、フランス、イタリア、日本、オランダ、ポルトガル、中国の九カ国が参加した。日米間には海軍軍拡競争が進行しており、これにブレーキをかけたいというのが日米双方の本音であり、会議の結果、英米日の主力艦の保有量を十・十・六と定めた。六割比率受諾の見返りとして、太平洋島嶼における米英の海軍基地増強禁止が受け入れられた。山東問題や二十一ヵ条要求の解決は、日本と中国の直接交渉に委ねられたが、中国の主権・独立・領土保全の尊重、中国における門戸開放・機会均等主義のための義務を定めた九カ国条約も締結された。

こうして築かれたワシントン体制であるが、これが意図していたのは、欧米諸国による日本封じ込め作戦であり、ドイツに対してなされたヴェルサイユ体制のアジア版の趣があった。欧州が脅威に感じていたロシア軍を圧倒してしまった日本の軍事力のしたたかさや、独立を目指している新興国に対支二十一ヵ条要求のような全土に及ぶ植民化に近い要求を突きつけた日本の、自制心に欠ける思い上がりに、列国が警戒の眼を向け始めたのである。

後に盟友として北一輝と生涯を共にすることになる西田税（みつぎ）が、猶存社に北一輝を訪ねてきたのは、大正十一年（一九二二年）の四月末のことだった。猶存社はこの二月、北一輝と大川周明の喧嘩別れで事実上解散していたが、西田は北一輝に会えればよかったのである。猶存社と書かれていた看板は、裏返されて北一輝と墨書されていた。

西田の前に立った北一輝には、温厚な満川と違って精悍な威厳があったが、西田より五寸ほど背が低かったので、威圧感は感じなかった。

「鳥取県の米子町に生まれ、毎日、大山（だいせん）を見て育ちました」と、西田税は五分刈りの頭を掻きながらやや頬を紅潮させて自己紹介した。「武漢の支那革命のときが、ちょうど小学校四年でした。中学二年の九月から広島の陸軍幼年学校に移り、大正七年に卒業、九月から上京して市ヶ谷台の中央幼年学校、そして九年から陸軍士官学校へ通っております。陸軍士官学校では、フランス語の教室で淳宮（あつのみや）殿下とは隣席になりました」

「ほお、淳宮殿下と。雍仁（やすひと）親王ですね」と嬉しそうな眼で言って、北一輝は感じ入ったように深く頷いた。

雍仁親王はこの六月二十五日に成年に達し、秩父宮の宮号を賜るのである。

「殿下とは同期なんですか?」

「同期です。いろいろ考え事があって、殿下には相談して論争したいことが山ほどあるんです。純正日本の建設とか……。殿下への接近は、宮の最高我を通して日本の最高我である天皇に接近するためなんです」

北一輝との話は三時間ばかりつづいた。

「今日はここらで」と、西田の顔色をうかがいながら北一輝は言った。「胸膜炎だそうですが、完璧に治しておかないと、またぶり返しますからね」

西田は、贈呈された『支那革命外史』と、借りた朝日平吾の斬奸状と遺書を大事そうに手にして、養生のために米子に帰って行った。

それから三カ月後の七月二十八日の午後、西田は得意満面で千駄ヶ谷の北一輝邸に顔を見せた。それは士官学校卒業の日だった。西田の表情は無事卒業できた喜びに溢れ、晴れ晴れとした威厳を帯びていた。

小学校に上がったばかりの瀛生（えいせい）改め大輝を伴い、すず子も玄関先で迎え、卒業と秩父宮との会見を祝う宴会となった。大輝が佐渡の戸籍に入籍できたことも伝えられた。

「今月二十一日の夕刻六時過ぎでした。仲間の宮本進が『殿下が秘密にお会いになるそうだから』と言うので跳んでゆくと、仲間たちに囲まれて殿下が坐っておられました。宮は尋ねられました。『日本の無産階級は、現在、どのような思想状態にあるか?』と。私は奉答しました。わが国のいわゆる無産労働階級は、極度に虐げられてその生活はすでに死線を超えて奴隷さながらです。これが国民のほとんどです。一部少数の特権階級・資本家らのために、天皇のご恩沢にも浴せず、窮状に沈んでおります。日本を改造できるとすれば、天皇の一令によるしかありません。……だいたい、こんなことを申し上げました」

西田税は感情を高ぶらせて話したが、北一輝は腕組みして聞いていた。

「そしたら、秩父宮が申されるには、自分はやむをえない境遇から、しだいに下層社会の事情に疎遠になってしまっている。きみたちはその都度、私に必ず報告してくれ、ということでした。その後で宮本に、皇族としての体験談を話されたそうです。『天皇を啓蒙せよ』などと宣う不義僭越な臣僚のこと、皇族内に渦巻く非常の心痛事、日本国の前途に心底から憂悶していることを明かされ、そして、闇のなかでも、宮が双眼に露の涙を流されているのが分かり、もらい泣きしたそうです。そして、自分への連絡はこの人宛に郵送せよと、宮付きの事務官を指名する紙片をくだされたんです」

「おおい、おっかちゃん、まだかね? これから少尉になるお方だ。こんなおめでたいことはないのだ」と、北一輝は首を伸ばして奥に声をかけた。

西田が顔を見せてから買い物に出たため、料理に時間がかかっていたが、やがてすず子がいい匂いとともにそれを運んできた。北一輝に卵だと言われ、それも取ってまた戻ってきた。

「これで病気もけろりです」と言って、西田はすき焼きをつつき、舌鼓を打った。

玄関に立った西田を引き留め、北一輝は掌にした法華経巻八を広げながら、酔ってしまいそうな声で朗々たる読誦をしてくれた。郷士で偶然の成り行きで法華経を読誦するようになっていた西田は、感極まって眼を閉じた。それから、西田は夜八時半東京駅発の下り列車に乗った。

秩父宮との関係はその後も続いていた。が、昭和二年に西田が青年将校らと《天険党》を組織した趣意書の中で、秩父宮の支援を仄めかしたことが警察当局に知られて以来、関係は先方からぷっつりと途絶してしまうことになった。

三　革命資金の調達

大正十四年が明けて間もなくの頃だった。代々木の西田の家に北一輝が駆け込んできた。北一輝らしからぬ慌てぶりである。

「おい、いるか？　大変な仕事が見つかったぞ」

奥から西田がのそっと出てきた。

「その慌てぶりは何ごとですか？　こそ泥と見間違えるぢゃないですか」

「これが慌てずにおられるか。早速、動いてもらいたいのだ。これでみんな、毎日たらふく食って、左団扇で暮らせるようになるんだぞ」

北一輝の話によれば、十八万両もの大金を積んだ艦船が、銚子の犬吠埼近くで座礁・沈没し、引き上げられもせずにそのままになっているというのだ。

戊辰戦争の折、徳川慶喜が鳥羽伏見の戦いで敗退して江戸に逃げ帰ってきたとき、榎本武揚は新政権側の艦隊引き渡し要求を拒否、抗戦派の幕臣を連れて江戸から脱出しようとした。開陽とか回天とか、神速、神竜とかの軍艦八艘の艦隊だったが、暴風雨のなかを急いで進んでいたとき、一艘が座礁し沈んでしまった。プロイセンで建造され、長崎に来たところで幕府が買い求めた船、三本マストで八百トンの大きな戦艦、美賀保丸だった。

「その沈没軍艦の引き揚げ権が、某方面から手に入ったのだよ」

「しかし」と、西田はがっかりした表情で言った。「たらふく食うもなにも、まず最初にその船を引き揚げないことには、何も始まらないわけでしょう？　ということは、引き揚げられなかったら、元の木阿弥というわけですよね？」

北一輝はせせら笑うような表情で言った。

「片岡弓八という、頼もしい名うての者がおるのだ」

「片岡？」

「新聞でも報じられていたように、かの世界大戦の折、地中海まで出かけて行って沈没船から金塊を引き揚げた男なのだ。こ奴なら、絶対引き揚げるよ。ただ、犬吠埼というのは非常に波の荒い場所で、一年の内でも作業ができるのは数カ月らしい。しかし、十八万両だぞ」

「それは、いまの金でいくらくらいになるんですか？」

「十億円くらいらしい」

「十億円！　なるほど、それだけあれば七生報国もなんのそのって訳ですね」

「それで」と、北一輝は空咳をして言った。「森恪の子分のところへ行ってもらいたいのだ。初期の引き揚げ費用を集めねばならん。それに、久原房之助のところへもだ」

「面識があれば、すぐ跳んで行くんですが」と、西田はほっとした顔で言った。「島野三郎に頼んだらどうです？　彼は顔が広いですから」

後日、島野が森と久原に掛け合って、双方から二千円ずつ貰ってきた。

北一輝は犬吠埼へ出かけて行って、周辺を聴き回った。その船の沈没のことすら知らない人が多かったが、古老たちの中に、たしかに美賀保丸の沈没を知っている者がいた。しかし、沈没地点がはっきりしないのと、そこら一帯が深すぎてとても潜ることは不可能だ、ということだった。北一輝はそれでも諦めきれず、どうすれば沈没地点が発見できるか、いつまでも頭を悩ましていた。

馬酔木系の歌人三井甲之(こうし)は、慶應義塾大学予科で哲学の教鞭をとっていた蓑田胸喜(むねき)教授らと《原理日本社》を設立した。大正十四年（一九二五年）十一月のことである。機関紙として『原理日本』が刊行された。

三井甲之は、いままさに不自由も差別もない理想国家に生きているのだから、自力で往こうなどという考えは捨て、現在あるがままの天皇の大御心に従いなさい、という《中今(なかいま)》思想を主張した。親鸞の絶対他力に心酔していた三井は、吉野作造らの民本主義による大正デモクラシーで芽生えた個人の主体的な生き方は捨て、「自然法爾(じねんほうに)」によって祖国日本と一体化するのが絶対他力による帰依だから、大御心の輝きを曇らして見えなくしている君側の奸は排除しなければならない、と考えるようになり、日本主義者となっていた。

蓑田の主張は、世界の文明は普遍的であるが、各国の文化は固有で独自の心をもつ、日本は日本主義だとし、反天皇機関説、反民主主義、反マルクス主義を鮮明にしていた。そしてかれらは、東京帝国大学と京都帝国大学の法学部教授の言論を徹底して批判したが、言論で批判するだけでなく、告訴にまで訴える手段を採った。この非知性主義のもたらす暴力性は、社会に絶大な影響をもたらした。批判は国家改造を主張する者にも向けられ、北一輝や大川周明も、その対象にされた。批判の矛先が向けられた人に、滝川幸辰、美濃部達吉、矢内原忠雄、河合栄治郎、西田幾多郎、三木清、津田左右吉らがいる。

大正十四年に起きた安田共済生命事件に用心棒として介入した北一輝は、安田銀行副頭取の結城豊太郎から三万円を入手することになった。現在の幣価で九千万円ほどになる。初めて味わったこの甘い汁は、北一輝の生き方を決定づけることになった。

後の安田生命の前身である共済五百名社は、安田財閥の安田善次郎の娘婿安田善四郎が社長をしていた。ところが、同じ安田系の安田保善社の社長をしていた義弟安田善五郎が、兄を追い出して共済五百名社の後釜に坐ろうと工作を始めた。それを察知した社員が団結して善四郎を護るために争議を起こし、工作の前に立ちはだかったのである。争議をめぐる争いは揉めに揉めていたが、安田善次郎の死後、日本銀行から抜擢された安田銀行の副頭取をしていた結城豊太郎が仲裁に入り、退職金で懐柔して争議で騒いだ社員を馘首して収めてしまったのだった。結城豊太郎は、昭和十二年の林銑十郎内閣で大蔵大臣を務めることになる人物である。

大正十五年、十五銀行の不正融資を暴露した事件では、銀行側から五万円をせしめていた。それを届けてくれたのは政界浪人の原田政治だったが、原田はそれが何かを知らなかった。そのうち一万五千円は協力者の辰川静夫に渡した。十五銀行は、宮内省に委託されて宮内省本金庫の事務取扱をしていたが、同行には巨額な不正融資があった。その額は現在の幣価にして約一千八百億円ほどにものぼったが、この話を聞きつけて動いたのが北一輝であり、表に出て動いたのが辰川だった。これでも革命資金の調達としては、まだまだ手始めにすぎなかった。

北一輝は山本唯三郎邸で食客として同居していた清水行之助にこう漏らしたことがあった。北が政友会の床次竹二郎に、金をせびっていることがばれたことがあったが、この時、北一輝はこう告白したのである。「おれは天下の形勢を分析して滔々と論じてやるのさ。すると、床次は割合真剣に耳を傾けているのだ。政界を泳ぎ渡るのに、少しは参考になろうという魂胆だ。頃合いをみて、『ところで先生、いま月末の支払いをどう工面しようかと思案しているところなんです』と言うと、『ははは』と笑ってそれならそうと早く言えよという顔で、秘書に百円札を二枚持ってこさせたよ。このときの恥ずかしさったらなかったぞ。茹で蛸のように真っ赤になりながら、それでも恭しく押し頂かないわけにはいかないのだ。そして心では、なんとしてもこれで改造を進捗させる資にいたしますからと、自分に言い聞かせるのだ」

北一輝は照れながら言った。この話を聞くと、矢次一夫も頷きながら言った。「そうそう、先生から小遣いをもらったときでした。『人に小遣いをもらうのは、ちょっと恥ずかしいことでね。国家のために一身を捧げた道念が、よっぽどしっかりしていないと、なかなか金はもらえんもんだよ。ぼくもいまもらっているが、坊主のいわば托鉢のつもりです。これも修行と思うことだ』。そう言われて、小遣いをいただいたんです」

これが北一輝の資金調達時の心境だが、《世直しの道念》は、このころにはすでに確固とした《改造案実現への信念》にまで高まりつつあった。

大正十四年二月、革新右翼の新しい啓蒙組織として《行地社(ぎょうちしゃ)》が大川周明によって結成されていたが、そこに参加していた笠木良明や高村光次は、その組織に嫌気が差して縁を切りたがっていた。二人とも満鉄の東亜経済調査局で働いていたが、自分たちに向ける大川の偉そうな態度が気に入らなかったのである。大川は以前から内大臣・牧野伸顕や内務次官・東久世秀雄らと昵懇の間柄で、行地社の部下と接するとき、どうしてもそのプライドが態度に出てしまうのだった。

ある日、大川は笠木や高村の前でこう言った。

「北さんはいつも、用心棒のような役を引き受けておるがね。その役目を真剣に果たすつもりがあるのだろうか。金さえ貰えば、『はい、それでは』と姿を消してしまう。いったい、どういう料簡なんだろう?」

それを聞いて、笠木も高村も大川の言葉に腹を立て、怒り出した。安田共済生命事件の折、北一輝が結城から解決金を手にしたのは事実だが、最後の解決策を考え出し、荒木貞夫陸軍少将にまでお出まし願って解決したのは、北一輝だったのだ。

二人が北一輝に言いつけると、北一輝は呵々と大笑いしながら事も無げに言った。岩田も西田も辰川も、呆気に取られて側で聞いていた。

「とにかく、大川君は偉いんだから。われわれとはまったく違う世界の住人なんだから。憧れておる人が、ソ連邦で《鋼鉄の人》と呼ばれておるスターリンという親玉だからね。ソ連邦という共産主義偽国家こそが極楽浄土だというのだから、われわれとはまったく別世界に住んでおるのさ。大川君は我々と違って、腹がすいたらどこで飯を食おうかなんて心配は、これっぽっちもしないでいいのだからね。毎日毎食、時間が来ると、さっと横からご馳走が出てくるんだ」

「横からご馳走が？」と、西田が訊いた。

「満鉄から出ている給料のことさ。そのご馳走で養われておるのだ。ところが、われわれ浪人には、ご馳走はおろか、握り飯の欠片さえ散らばっていないのだ。餌がちゃんとあったためしがない。だから、いつも飢えておる。餌を探し出さなければ、飢え死にするだろう。その点では、荒野のライオンと同じさ。ライオンは百獣の王と言われるが、ライオンはいつも飢えておる。飢えておっても、王者は王者でなければならん。いつも飢えていてどうして死なないかと言えば、たまに縞馬とか野牛といった、大きな獲物に巡り合えるからだ。これは恵んでもらうんじゃないぞ、自分で格闘して倒すんだ。見つけただけぢゃだめで、格闘して倒さなければね。それで、なにか思い当たらないかね？　この百獣の王ライオンの生き方こそ、われわれの誇り高き生き方そのものなんだ、ということさ。ご馳走を恵んでもらうわけぢゃないから、媚びなきゃいけない人なんかだれもいない。王者らしく、堂々と構えておればいいのだ」

このとき、岩田が両手で虚空を引っかき、ライオンのような唸り声をあげ、歯をむき出して見せた。

「がおー、わしはライオンだ」

大笑いした西田も辰川も、笠木や高村も、つられて歯を剥き出した。

このころ満鉄の東亜経済調査局の理事長となっていた大川の月収は、七百五十円であった。このほかに六カ月の賞与があり、年収は東京府知事の倍近い額だった。


十五銀行の不正融資を暴露した事件で懐に余裕のできた北一輝は、新しい神仏壇をはじめ大型家具をすっかり入れ替え、電話も引いた。そして、寺田稲次郎に声をかけた。上等な大きな椅子を二脚、寺田の息子にどうかというのである。寺田は二人の息子を連れて北邸を訪れた。まだ新品と言っていい檜の椅子だった。玄関先に止めた大八車に乗せ、お礼を言って辞そうというとき、北一輝は息子たちに五十銭銀貨を何枚か握らせた。すると、子どもたちはそれを手に握りしめたまま、さっと車の方に駆け出した。慌てて寺田は子どもたちの背後から声をかけた。

「おじさんありがとう、は?」

息子たちは足を止め、「ありがとう」とぴょこっと頭を下げ、また走り出した。それを見ていた北一輝は、大きな声で笑い出した。

「取るもんせえ取りゃあ、後は用はねぇやなぁ。おじさんと同じだぁ」

寺田ももらい笑いをしながら、北一輝を振り返った。現実を取り繕って体裁よく見せようともしないこの実直さが、北一輝と自分を繋いでいるのかもしれないと思った。

この年、大正十五年（一九二六年）の夏、着物姿の朝鮮人・朴烈が本を見ている着物姿の金子文子を後から抱いている写真が、市内にばら撒かれるという事件が起きた。それには怪文書が付いていた。『朴烈・文子怪写真の真相』というパンフレットである。

二人は三月に、摂政宮、後の昭和天皇の暗殺計画容疑のため大逆罪で死刑を判決され、四月に恩赦で無期懲役となっていた。写真は刑務所内にいるときのものであり、文書では、「単なる一片の写真である」が、「万人唖然として驚き呆るる現代司法権の腐敗堕落と、皇室に対する無視無関心なる現代政府者流の心事を見る」とし、「日本の東京の真ん中で、監獄の中で、人もあろうに皇室に対する大逆罪の重大犯人が、雌雄相抱いて一種の欲感を味わいつつこんな写真を写せる世の中になったのだ」と、司法大臣江木翼（たすく）の責任、司法界の腐敗を厳しく糾弾したものであった。

朴烈の予審をスムーズに進めようと予審判事によって撮影された朴烈・文子の写真だったが、それが朴烈本人から、同じく入獄中の北一輝の配下・石黒鋭一郎の手に渡り、石黒が出獄するときに布団に隠して持ち出したものであった。それを入手した北一輝は、これは金になると判断し、政友会に持ち込んだ。政友会も、若槻礼次郎内閣の司法大臣を血祭りに上げれば、憲政会内閣の打倒は容易だ、と見こんですぐ話に乗った。さっそく動いたのが、小川平吉、森恪（つとむ）らだった。

九月になると、憲政会政府も反撃に出た。怪写真は政友会内閣の小川平吉司法大臣時代に撮影されたものだ、と。しかし、この政府の主張は疑わしいとし、政友会は十二月の議会で内閣不信任案を提出、議会は三日間停会し、田中義一政友会総裁、床次竹二郎政友本党総裁、若槻礼次郎憲政会総裁の三者会談が開かれた。そこで田中義一の陸軍機密費問題と相殺で、怪写真問題は議会では取り上げないことで妥協が成立した。このような政争の具にされて、だれも責任を取らされずに事件は収束した。

若槻内閣が倒れ、翌昭和二年四月に田中義一内閣が成立すると、政友会の森恪から五万円が北一輝に届いた。現在の幣価で約一億五千万円ほどになる。北は百獣の王ライオンの顔でそれを受け取った。

『朴烈・文子怪写真の真相』で世間が騒いでいた夏、西田に案内されて北一輝を訪ねてきた青年将校がいた。末松太平である。親友の森本赳夫も一緒だった。

その時、北一輝に心酔し行動を共にしている馬場園義馬もちょうど臨席していた。馬場園はすらりとした上背のある背広姿で、鼻髭の形もよくインテリ風の容貌だった。馬場園が西田と二人で汗だくになりながら朴烈らの複写写真を作成し、北一輝執筆の怪文書を自分の明星園印刷所で印刷し、街でばらまいた張本人であった。

「この人が馬場園君です」と、支那服姿の北一輝は微笑みながら紹介した。「警視庁がいま躍起になって探し回っているでしょう。世間ではたいへんな猛者のように思っているらしいが、ご覧のとおりの優男の紳士なんですよ」

そう言いながら、北一輝は自分を窺っている青年将校と眼が合うと、訊いた。

「君たちは、軍人勅諭を読んだことがありますか?」

末松も森本も思わず身を正し、「はい」と応えた。しっかりと読み込んでいないことを糺されそうな気がしたからである。「いちどは。さっと」

北一輝はその態度に微笑みながら、力強くつづけた。

「君たち軍人が軍人勅諭を読み誤って、政治に没交渉だったのがかえってよかったのだ。お蔭で腐敗した政治に染まらなかったわけだからね。いまの日本を救いうるものは、まだ腐敗していない、あなた方のような若い軍人たち、青年将校だけですよ」

末松が北一輝を見つめると、喜びを返すように隻眼がきらりと鋭く光った。たしかに、北先生の言われるとおり、私利私欲にまみれた上官の命令に絶対服従したりせず、高潔そのものの天皇その人の命に従うことが自分らの正義なのだ。軍人勅諭の虚偽のからくりからはやく脱出し、改造運動を盛り上げ、腐った幕僚と政体を闇に葬らなければならない。維新実現の前に、なんとしても腐った世界を叩き壊すのだ。壊した後の建設は適切な人にまかせるとして、自分の仕事はもっぱらこの破壊作業なのだ、と末松は心のなかで改めて確認した。

その日、北一輝邸を辞して帰るとき、末松は西田に言った。

「われわれ軍人は、関東大震災での活躍でいくらか評判を回復したものの、結局のところは税金泥棒扱いです。世界が軍縮に向かうということは、軍事力は不要だということです。ところが軍人には軍事力しかなく参政権がないから、現実の政治の世界ではもっとも無力な存在ということになる。電車のなかで、税金泥棒という罵声を浴びせられたときの辛さってなかったですよ。これが悔しくて悔しくて、もう軍人から足を洗おうかとさえ思っていましたが、今日の北先生の言葉で、すごく勇気が湧いてきました。参政権のない自分たちにも、腐敗に染まっていない政治を実現してゆくチャンスがあるのだ、と悟りました。われわれ青年将校は、団結しないといけませんね。西田、お礼を言います」

末松はそう言って、西田の手を固く握った。

「お礼なんかいいんだよ。分かってくれることが大事だ」

「ほんとに、やる気が沸いてきました」

「先生はねぇ、日本の革命を諦めかけていたんです」と、西田は言った。「でも、君たちのような頼もしい人たちが一人、二人と出てきたので、考え直しはじめたんです」

「そうなんですか。正直いいますと、私にとってまさに『ボーイズ、ビー、アンビシャス』でしたよ」と、末松はさも少年のように背筋を伸ばし、嬉しそうに眼を輝かせて言った。「ようし、これから、アンビシャスになりますからね」

西田も微笑みながら、ハンサムな末松太平を見やった。北一輝と顔を合わせた青年将校は、『改造法案』に感激して一人で面会を求めてきた菅波三郎に次いで二人目となったが、彼ら若殿たちには、宮城を占拠する決起に向けて、仲間をどんどん増やしてもらいたかった。北一輝が最近になって、青年将校たちを「若殿」と呼んで彼らの自尊心をくすぐるようになったのは、

「宮城占拠」という具体的方法を思い付いたためであることを、西田はすでに見抜いていた。

北一輝の《革命》は、武装した若殿たちに宮城を占拠してもらわなければ、何も始まらないのだ。

八月二十七日、北一輝と西田税は、作田正や辰川静夫らとともに、市ヶ谷刑務所の未決監に入った。北一輝は支那服姿のままだった。作田も辰川も北一輝の書生をしていた。順次、予審のために、東京地方裁判所に呼び出されて訊問を受けた。西田が仲間の情報から牧野伸顕らを大逆不敬事件の首謀者として告発した「宮内省怪文書事件」があったが、北一輝がそれを領導したという容疑だった。北一輝が刑務所の人となったのは、これが人生で初めてのことだった。朴烈・文子の怪写真事件については、証拠を収集中としてまだ起訴には至っていなかった。

二カ月ほどたったある日、すず子がだぶだぶなワンピース姿で、大輝を連れて差し入れに現れた。北一輝の末弟の昌もいっしょだった。千駄ヶ谷から近いので富久町の刑務所まで歩いて来たのである。面会所に行くと、元気そうな北一輝に、みんな安心した様子だった。

「今日は、従妹のムツさんが帰省されとぉお土産に」と、すず子は言った。「〈ヨウの子〉ば持ってきてくれたけん、持参しましたと」

「ムツはよう気が利くねぇ」と、北一輝は嬉しそうに言った。

ヨウの子とは塩漬けのタラコのことで、幼い頃から北一輝の大好物だった。

「あのお袋の姪だぜ。女中さんにはもってこいだ」と、昌が言った。「そう言えば、ムツのお兄さんが弁護士試験に受かったそうです。弁護士・浦本貫一の誕生でござーい。佐渡の河原田の本屋も、二代にわたる弁護士で、でけえ顔しとるだろうな」

ムツは、北一輝の母リクの妹キツが浦本令一に嫁いで出来た末っ子だった。兄が貫一で、間に姉のハツがいた。ムツは佐渡島の高等女学校を卒業すると、北一輝の要望で北家の仕事を手伝うようになり、女中をしていた。

先ほどから、昌は北一輝をためつすがめつしていた。ふっくらと太って健康そのもので、別人のように映ったからだ。

「そんなに健康になるというのは」と、昌は皮肉たっぷりに言った。「生まれて初めて、規則正しい生活をしとるからだろ? 兄貴、これからずっと、ここで暮らしたらどう?」

「では、ここを終の棲家とするか。《今良寛》のたってのお勧めだからな。」

昌は気立てが優しく面倒見がよかったので、周りから《今良寛》と呼ばれていた。

「それにしても、毎日、法華経ばかりで飽きないのかねぇ?」

「お経ばかりというわけでもないのだ」

「へぇ、他になにがあるの?」

「運動会だな」

「えっ? 刑務所って、運動会があるの?」

「とにかく」と言って、北一輝は一つ咳払いした。「虱が多くて眠れないのだよ。だから、自分の股の上で、一列に虱を並べて、よーいどん、とやるのさ」

昌はぷっと噴きだした。すず子も俯いて恥じらいがちに笑った。

「痒いのは痒いが、同行二人で、仲間意識が芽生えてくるから妙なものだ。勝ったやつには、たっぷり血を吸わせてやるのさ」

「負けたやつは？」

「ひねりつぶす。それより、おまえの医療器の売れ行きは、その後どうなんだい？」

「この間の世界大戦のころは笑いが止まらなかったけど、いまは不況で不況で。もう一度ヨーロッパでというわけにはいかんから、こんどは、アメリカとでも大戦争をおっぱじめて欲しい心境だね。日米戦争さ。街で歩いていても、みんなそう言うよ。早く日米戦争始めて景気を良くしてくれないかな、と。気持は同じなんだな」

「そんな馬鹿やったら、世界大戦だぞ」と、北一輝は口をへの字にして言った。「商売どころか、国中がめちゃめちゃだ」

「そういえば」と、思い出したようにすず子が言った。「こん間、沼波さんの娘さんが遊びに来たけんばい」

第一高等学校教授の沼波武夫とは猶存社で知り合った仲だが、沼波が霊の存在を信じていたので、北一輝は特別親しくしていた。彼の娘たちには本郷の西片まで人形をプレゼントしに行ったりして、北一輝はとても可愛がっていた。

「小学校の何年だろ？」と、北一輝が訊いた。

「万里子ちゃんが二年生、華子ちゃんは来年げな。西片んだた家の百倍もふとかって、大輝といっしょにあちこち跳びまわって、そいはそいは嬉しそうやったと。大輝が調子に乗るもとけん、息が切れとっとに後ば追いかけつづけるのよ」

北一輝はすず子の話を嬉しそうに聞いていた。

その昭和二年の一月の末に、北一輝は保釈になった。前年に喀血していた北一輝は痩せ細った姿で下獄したが、出るときには体重が五キロも増え、ずいぶん健康体になっていた。同じく西田も保釈になった。

八月になると、北一輝は今度は十五銀行怪文書事件で市ヶ谷刑務所の予審監に収容された。年が明けて二月に免訴となり保釈、市ヶ谷刑務所を後にした。娑婆の空気を吸うのは、およそ半年ぶりだった。

この年昭和三年二月二十日、衆議院総選挙が行われた。《普通選挙》による初めての総選挙で、有権者数は、それまでの三百万人から千二百万人に膨らんでいた。全国の投票率は八割を超えていた。

選挙結果は全四百六十六議席のうち政友会二百十七、民政党二百十六、その他三十三であった。政友会は絶対優位を目指して周辺に猛烈な選挙干渉をしていたのにこの体たらくで、普通選挙の恐ろしさに震えあがった。

三月十五日、東京地方裁判所検事局の指揮のもと、全国の左翼系の政党、労働組合、文化団体に手入れが行われ、約千六百名が検挙された。大正十四年制定の治安維持法に基づく、第二次共産党弾圧である。関東大震災の直前の第一次弾圧で解党状態にあった共産党は、コミンテルンの《二十七年テーゼ》による働きかけもあって再建途上にあった。さらに四月、内務省は共産党系組織の解散を命じた。東大の新人会などの社会科学研究会の解散、京大教授・河上肇、九大教授・向坂逸郎らが依願免官の形で大学を去っていった。

四月に政友会の田中義一内閣が誕生していた。六月三日、日本政府の指令で奉天に向かっていた張作霖の乗った列車が爆破され、重傷の張は奉天城に運ばれるが死亡するという事件が起きた。田中首相は、西園寺公望の要求で関東軍参謀本部支那班長・河本大作を軍法会議にかけることを考えたが、陸軍、閣僚、与党政友会幹部らに強く反対され、河本の停職などの穏便な処置ですませた。ただ、昭和天皇だけは田中首相の責任を厳しく追及した。

この昭和三年の夏に、北一輝は千駄ヶ谷から、陸軍士官学校や大日本印刷株式会社に近い、牛込納戸町に転居した。山本唯三郎から邸の明け渡しを求められたからだが、明け渡すにあたって千円の修理費を徴収された。岩田富美夫がロシア行きの費用を工面してくれない北一輝に腹を立てて撃った銃弾で、穴のあいた柱や天井を補修するためだった。岩田は『資本論』を翻訳した高畠基之の門下生であり、共産主義に関心が高かったのである。

転居先がなかなか決まらなかったのは、大型の乗用車を買ったため大きな車庫のある借家が必要になり、探し歩いていたのだ。買い入れたのはイタリアの高級車、一九〇七年にイタリアの貴族向けに完成された乗用車《ビアンキ》の中古車で、千五百円だった。四気筒、四段式ギアで、出力は二十五馬力だった。車体は町なかの乗合自動車（タクシー）よりひとまわり大きかった。北一輝は歩くのが苦手で、すぐ近くへ行くにも車を呼ぶのが習慣だったから、その足代わりの専用車だった。

「いつも呼んで来てもらう乗合自動車に払う金二年分で、こんな車が一台買えるんだからねぇ。買ったほうが安くつくよ」

北一輝は辰川や西田にそう語ったが、二人は顔を見合わせ、呆れ顔で噴きだした。

真っ青の車体に顔を近づけ、鏡のように映して見ながら西田が言った。

「先生、ひょっとすると、この車にはお手洗いが付いているんですね？　どこがお手洗いなんですか？」

「この馬鹿が。わしが痔主だからって、からかうんぢゃない！」

北門下の馬場園義馬は、四月に国民戦線社を結成し、十一月に寺田稲次郎を執行委員長、西田税を統制委員長とする《日本国民党》を立ち上げて活動を始めていた。

寺田は福岡出身の柔道家で、岩田富美夫が主宰する大化会で柔道の教師をしていた。大化会は猶存社の下部組織の青年部で、早稲田大学、明治大学、拓殖大学などの剣道部、柔道部、相撲部など運動部の選手がほとんどを占めていた。大正九年に清水行之助が組織攻撃への防衛部隊として組織したものだが、同十二年に岩田に譲っていた。同十二年の関東大震災の折に暗殺された大杉栄の遺骨奪取事件で、北一輝の指示で首謀者の役を務めたのが寺田だった。中野正剛も同じ福岡出身であったが、寺田がその用心棒の役を引き受けることになるのもこのころである。

　だが、そうした配下の動きには眼もくれず、北一輝は車に熱中し、用もないのに、昨日は鎌倉、今日は日光と、あちこち乗り回す日々が続いていた。

　昭和四年（一九二九年）四月に、共産党員が全国的規模で大検挙を受けた。これは昨年の大弾圧の残党狩りであったが、これによって共産党はほとんど壊滅状態となった。

　共産党が大弾圧を受けるのを静観しながら、北一輝は法華教の読誦をつづけていた。中国での辛亥革命の頃、宋教仁暗殺を巡って国外退去となり、日本に帰ってから法華経を学び、そして始めた誦経だった。弟の昤吉に紹介してもらった玉照師こと永福寅造という法華行者から法華経の教えを受けたが、日蓮宗ではなかった。北一輝は日蓮が嫌いだったからちょうどよかった。理解を深めてゆくうちに、《個人主義》の個人的利己心しかない個人に、法華経の平等主義が社会的利己心としての《公共心》を芽生えさせ、その《公共心》が自分の主張する《国家主義》と《個人主義》をつないでくれると分かって、すっかり虜になっていたのだった。《個人主義》が《公共心》によって《国家主義》に繋がり、しっかりした《個人》が生まれるのである。法華経の誦経の仕方も、永福から習ったものだった。大正八年の暮れに日本に帰国するとき携えていた中国製の稀覯本《法華経》（八巻）は四部あり、裕仁皇太子（後の昭和天皇）、法華経の玉照師、満川亀太郎、大川周明に贈呈されていた。

　共産党が、もし以前の勢力を擁していたら、われわれの宮城占拠計画を察知し、電話線などを全て切断して自分たちの宮城占拠を試みるはずだ。そしてロシア革命に倣って天皇の拉致・処刑に取りかかるだろう。しかし、ここまで壊滅的な弾圧を受ければ、もう掌は出せまい。これで、《北一輝の革命》は、「さあ、どうぞ」と実にきれいにお膳立てされた、というわけだ。

北一輝は準備に取りかかった。毎日の読誦の折に世情や事件を徹底的に分析して情勢を見極め、即座に対応できる準備を整えておかなければならない。一瞬しか巡ってこないかもしれない絶好の機会を、決して見逃してはなるまい。

北一輝は街へ出て、大判のノートを買ってきた。これは記録といっても、呼び出した霊によって示される神や仏のお告げを書きとめるのだから、《神仏言》と呼ぶことにしよう。すず子が巫女すなわち審神者（さにわ）となって、神のお告げを聴きとり、わしが記録する。だから、読経の時は必ずすず子を横に坐らせなければならないし、食事の支度などの卑近な汚れ仕事に手を出すことも禁じたほうがいいだろう。神仏の言葉であるから、記録に一字の書き損じも許されない。神仏言はまた、《革命日記》ともいえるものである。社会情勢が革命に向かってどこまで進展してきているか、どこかに革命の発火点がないか、丹念な記録によって《熟してきた革命のその瞬間》を発見することができるのだ。ただし、記録に残すという行為は、人に盗み見られる危険性はきわめて高いから、たとえ誰が見てもすぐには察しがたい表現を心懸けるのが肝要だろう。

四月二十七日も、朝から二階の神仏壇の前で読経を始めた。この日は、従地涌出品第十五からだった。神仏壇とは、中央に敬愛している明治天皇像、仏間には東郷平八郎の八幡大菩薩の書が架けられた祭壇である。すず子も側で掌を合わせた。

——爾時他方国土、諸来菩薩摩訶薩、過八恒河沙数、於大衆中、起立合掌作礼、而白仏言、世尊、若聴我等、於仏滅後、在此娑婆世界……。

太く細く、高く低く、うねるような読経が二時間ほどつづいた。すると、巫女になったすず子が意識を朦朧とさせ、身をよこに崩して震える脚をまっすぐ硬直させた。北一輝はすぐに側へ寄って上半身を抱き上げ、すず子の口元へ耳を近づけた。巫女のお告げは聞き逃すわけにはいかない。

「て、て……」と、すず子は呟いた。「ばい……」

「掌だな。そして売国奴か?」と、北一輝も呟き、瞑目して念じた。

白い赤児の掌が現れた。なんだろうと思っていると、掌が近づいてくる。ぐいぐい掌は近づいてきて大きくなる。はっとすると、それは奈良の大仏の掌のような大きさだ。するとそこに《売国奴》という文字が浮かび上がってきた。こんがりと焼きつけたような文字だ。コミンテルンの共産党は国家を否定し、世界中の労働者たちを国境を無視して手を結ばせる。彼らは売国奴だ。

北一輝は、急いで太い大きな万年筆で書きとめた。上海から帰国して身を寄せた猶存社を出て神楽坂でそれを買ったとき、岩田富美夫が「奈良の大仏の使うやつですぜ」と呆れかえった万年筆である。これを書くのにまさに相応しい万年筆で、やや小さな擂り粉木ほどあった。

巨大ナル掌ノ中ニ文字
売国奴
夕方にもお経を上げた。すず子は朦朧となり、「み、み、みんな」と呟いた。北一輝は「みんな、か」と頷き、念じているうちに「じぶんの信念、革命の企ては、みんなが知っているのだ」と分かり、用心のために書きとめた。
天知ル　地知ル　人知ル
翌日のお告げでは「底ナシ穴見ユ」じぶんの企んでいる革命は、底なしの穴のように途方もない計画なのだ。たしかにそのとおりだが、ほんとうに実現できるのか?
北一輝にとって、革命は気配として近づきつつあったが、自分がそれをやり遂げることができるのか、繰り返し心のなかで反芻していた。すず子にとっても、革命の失敗は親族をすべて零落させずにはおかない大事件になるはずであり、革命がどのような帰趨を迎えるのか、気を揉む日々が始まっていた。

五月二十一日、北一輝はすず子を伴って、満川亀太郎、中川小十郎らと歌舞伎座で歌舞伎を鑑賞した。演目は、北一輝のいちばんのお気に入りの《勧進帳》である。
中川小十郎という人は、満川が京都の日銀出張所に勤めていた頃の親しい知人で、西園寺公望の創立した立命館大学の総長であったが、西園寺の秘書を務めており、北一輝は西園寺に近づくための足掛かりとして中川の面識を得ようと、満川に頼んでわざわざ京都から上京をお願いし、紹介してもらったのだった。西園寺は天皇がもっとも信頼している人物で、北一輝の改造実現の最終段階で、占拠した宮城の天皇に、組閣の助言をしてもらう重要な役割が想定されていたのである。

歌舞伎座は大正十年の失火で消失し、翌年、鉄筋コンクリートで立派に再建されていたが、それも関東大震災で消失、再度見事な建物が再建されていた。

富樫は、物故してから十世市川団十郎を襲名した市川三升、源義経は六世尾上菊五郎、弁慶を尾上松緑が演じた。

出来栄えがよく、会場は熱気に包まれた。義経が変装した従僕は、義経に似ているために誤解されてしまうのだと、弁慶に杖でいくども打たれる。

「音羽屋！」と、北一輝は大きな声をかけた。

「まあ、お父さんたら……」とすず子は恥ずかしげに俯いた。

北一輝が気に入っているのは、弁慶が真っ白な勧進帳を読み上げる場面だった。嘘八百を、いかに迫真的に読みあげるか。巨体に鞭打ち、脂汗がにじむ。義のためには「騙す」ことも赦されるというわけだ。とすれば、宮城で天皇を騙すことがあっても、それは赦されるか？

やっとのことで、富樫が安宅の通過を認めると、

「成田屋！」と、北一輝がまた声をかけた。

田中義一内閣は、七月二日に総辞職し、民政党・浜口雄幸内閣が誕生した。大蔵大臣・井上

準之助の路線は、緊縮財政、金解禁、非募債であった。金解禁は年明けを予定していた。浜口内閣は三菱財閥と組んでおり、また幣原外相が岩崎家の女婿であったことから、「三菱内閣」と揶揄された。

この年、昭和四年の秋、北一輝は二年前に病気で亡くなった沼波武夫の遺児たち、尋常小学校五年の万里子と三年の華子を、伊香保の別荘への二泊三日の旅行に誘った。子どもたちを少しでも励ましてやりたいという、北一輝の心遣いである。沼波夫人の体調が優れないというので、二、三日ほど様子をみていたが、なかなか回復しなかったので、結局「娘たちだけで」となった。

イタリアの高級車《ビアンキ》は一点の雲もない晴れわたった田舎道を、これ見よがしにもうもうと土埃を舞い上がらせて走った。運転しているのは、このころ北一輝の書生をつとめている渋川善助だった。渋川は会津若松の生まれで、仙台陸軍幼年学校を経て陸軍士官学校に通っていたが、在学中、上官への絶対服従に異議を唱えたため真崎甚三郎校長によって軍人精神にもとるとして退学させられ、仕方なく明治大学に通うようになって学費稼ぎに運転していたのである。お上人と綽名されているだけあって、どこまでも高潔で誠実な男だった。

車は国道を北上し、稲が黄ばんだ田園のなかをかなりのスピードで走った。熊谷へ出、本庄から高崎へまわり、前橋から伊香保にはいるのである。

「ずいぶん走っていますが」と、窓際に肘をつきながら万里子は不安げに訊いた。「どこまで行くんでしょう?」

「心配はいらない」と、黒の支那服姿の北一輝が笑いながら言った。「伊香保温泉だよ」

「じつはねえ」と、すず子が口を挟んだ。「おじさんが買うたばっかいの別荘へ来ると。もちろん、温泉にも入っとけんよ」

「別荘?」と、万里子は言った。「ああ、良かった。そこに泊まるのね? 伊香保って、どの辺りなんですか? 有名な金色堂の辺りですか?」

大輝が大笑いした。

「そいはいま、飢饉で困りはてとっ東北地方でしょ。伊香保は、まっと手前」と、すず子が言った。「いま、東北の人は、冷害でお米は穫れず、ほんとうに困っとっんばい」

「でも、去年は米は豊作だったよ」と、大輝が言った。

「豊作なら豊作で」と、北一輝が言葉を返した。「豊作貧乏というのがあるのを知らんのか。米価を操作しておるのは、大地主なんだからな。どの農家もほとんどが小作だからすかんぴんで、万里子ちゃんくらいの子が、十五円で売りとばされて一家五人がやっと食いつないでいるというのだ。人間一人が十五円だぞ」

「まあ、怖い。そんな話、ほんとうなの?」

「万里子ちゃんは大丈夫さ。大輝と結婚するんだから」と、大輝が言った。

「えっ? あたいが?」

「そうだよ。前世から決まっていたんだから」

「まあ、嬉しい」と、万里子は胸で掌を合わせて言った。

「違う。瀛生（えいせい）ちゃんと結婚するのは華子！」と、華子が大声を張り上げた。

北一輝もすず子もどっと噴きだした。華子はいつも、大輝に改める以前の瀛生名で呼んでいた。

「金がないから、税金だって納められなくなる」と、北一輝が言った。「東北では税金が納められない人が、ここ数年で二十倍にも増えているそうだ」

と言いながら、北一輝は煙草の煙を外へ出すように、窓のハンドルをぐるぐる回して窓ガラスを下げた。風がどっと流れ込み、万里子と華子の髪の毛を弄んだ。それを愛おしむように大輝が眼を細めて眺めていた。

北一輝は西田の言葉を思い出していた。皇室の御料林を百分の一でもいい、売り払ってくれたら、東北の農民のほとんどを救済できるのだが、と。山形県最上郡のある村では、村内の若い娘四百五十人のうち五十人が身売りされていた、と。また、こうも言っていた。秩父宮が天皇だったら、御料林を売り払うという発想が生まれたに違いない、と。たしかに、西田には分かっている。法華経を届けてみたものの、昭和天皇には、国中の民々を慈しむだけの器量はなさそうだ。万民の苦悩を自らの苦しみと体感された明治天皇とは、大違いだ。「億兆ひとりとしてその処を得ざれば、朕が罪」と仰せられた一言だけでも、明治天皇の偉大さは伝わってくるのだ。

明治維新以来、日本が力を注いできたのは、富国強兵のための重化学工業だけだった。農業はまったく見放されていた。農業で利用されてよい近代的技術はまったく導入されておらず、人造肥料のために経済的に搾取されていた。全国で農地所有者は五百万人余だったが、百十万人が地主で小作に出しており、百六十五万人が自立農民で、二百二十五万人が零細な自小作農だった。米穀商人を兼ねていた地主の多さと、小作人への法的保護の皆無という事態が、日本の農業の致命的な問題点だった。地主は小作で高額の地代を取ったし、軍需産業をはじめ諸産業にも投資しており、その稼ぎは莫大なものだった。

別荘は台地の中腹にあったが、足尾山系は見えるものの、平野部はごく一部しか見晴らすことはできなかった。平屋だが洋館風の造りで、玄関先まで管理人兼秘書の弁護士・浦本貫一と夫人が迎えに出てきた。浦本は大柄で恰幅がよく、人の良さそうな造作の顔だった。この人は、北一輝の母リクの妹キツが佐渡の新穂村から河原田村の浦本家に嫁いで生まれた子で、北一輝とは従兄弟という関係だった。浦本貫一の妹が、北一輝の家で女中をしているムツだった。

居間に入ると、大理石に囲まれた暖炉があった。

「凄いのねぇ」と小声で言ったきり、万里子は圧倒されたように黙った。

これ本棚、これ食器棚と、ひとつずつ確認しながら奥へ行った華子は、そこに金庫があるのを目敏く見つけた。

「わぁ、金庫だわ。これお金入っているの?」と、奥の部屋から華子は訊いた。

その声に大輝も万里子も駆けていった。

「金塊が入っていなけりゃぁ、空庫だ」と、大輝は言った。

「これはいまは空庫ですが、一人前の金庫ですよ」と、浦本は静かに言った。

「開けて見せて」と、万里子が言った。

浦本はよけいなことを口走った自分を責めるように渋面をつくって言った。「お嬢さま、それはできません」

「どうして？　金の延べ棒が入っているのね？　見たい。どうしても見たい。盗ったりしないから」

「盗るも盗らないもないんですよ。何も入っていないから、開けて見てもどうしようもないでしょう」

北一輝が薄ら笑いを浮かべて部屋に入ってくると、万里子が北一輝に身を寄せてせがんだ。

「ね、いいでしょ？　万里子の優しいおじさん。ね、いいでしょ？」

「開けるのはかまわないが、金塊というのは凄い光を放っておるんでねぇ。その光に当たると眼を痛めるから、止めた方がいい」

「痛めるって、どうなるの？」

「雪目のようになる」

「雪目って？」

「冬に外へ出て一面の雪の原っぱばかり見ていると、どうなるか知っているかい？　眼が急に赤く腫れて痛みだし、家に入ってもなにも見えず、真っ暗闇のままになってしまう。それと同じになるんだよ。どうする？　悪いことは言わない、止めた方が無難だと思うがね」

万里子に躊躇いの表情が浮かんだ。が、好奇心には勝てないようだった。

「こうやって、ちょっとだけで止めるから。これなら大丈夫でしょ?」

万里子は両掌で顔を覆って、指の隙間から覗いて見せた。

北一輝はまんざらでもない笑みを浮かべて、いくらも背の違わない万里子の肩に掌を置いたまま、顎をしゃくって浦本に目配せした。浦本は驚いて北一輝の顔をのぞきこみ、本心を確かめるように眼をぎょろりと見開いた。北一輝は軽く頷いた。浦本は金庫の前にしゃがみこみ、黙想する表情で壁の方を睨みながら暗号錠を回した。長い時間が経ったような気がした。かちっという音がして、分厚い扉がゆっくりと手前に引かれた。

首を長くしていた万里子たちは掌で顔を覆って、こわごわと中を覗き込んだ。いつのまにか運転手の渋川まで首を伸ばしていた。

「はい、そこまで」と、北一輝は言った。

浦本は急いで扉を閉じ、暗号錠を回した。

「だめ、だめ」と、万里子は言った。「よく見えなかったもの。なあーんにも光ってなかった」

「金の延べ棒なんか、なにもないのさ」と、北一輝は笑いながら言った。

「本のようなものが壁になって塞いでいたけど」と、万里子は言った。「あの奥にあったんじゃない?」

「分かったかい。空庫でなかったことだけは確かだ。若様の負け!」

浦本はにたりと微笑んで「さすが」と言いたげに北一輝を振り返った。若様というのは、北一輝が大輝を呼ぶときの愛称で、譚人鳳の孫ということ、母は産後の肥立ちが悪くて誕生から十日で死んでしまったこと、父は袁世凱軍に銃殺されたことなどなど、絶対の秘密がいろいろあったが、そんな身の上とは縁を断って、目の前の親の愛をたっぷり感じとり、自尊心だけはしっかりと抱いた青年を目指してほしいという、特別の励ましの願いが込められていた。

夕方には浦本の妻が買い物から帰ってきて、晩餐の仕度が始まった。すき焼きだった。浦本は一升瓶をテーブルに乗せたまま日本酒を飲んだ。運転手の渋川も勧められるまま飲んだ。一杯だけと言ってすず子も飲んだ。渋川の飲みっぷりはすごく、酔いが回ると観音経を口ずさんでみんなを楽しませてくれた。北一輝は勧められてもお猪口を出さず、夜のお勤めのために、奥の仏間に消えた。

翌朝、みんながやっと起き出したころ、北一輝は「うっかりしとったぞ」と言って青ざめた顔で渋川を呼ぶと、一人でそそくさと車で東京に帰って行った。

「明日ではだめなんね?」とすず子は声を掛けたが、「明日では路頭に迷う」と北一輝は狼狽の気配を隠さなかった。すず子は微笑みながら見送った。

「なにを忘れていたの?」と、顔を見せた大輝は怪訝な顔ですず子に訊いた。

「犬の餌ばい」と、すず子は言った。

「犬の餌は、五日分置いてきたぢゃない」と、大輝は首を傾げて不審げに言った。

それでも、すず子は北一輝の乗った車を見送りながら、犬の餌だと言い張った。すず子は、家に出入りしている書生や弟子たちへの小遣いのことを言っていたのである。沼波夫人の体調回復を待って出発をずるずる延期しているうちに、今日と明日が三ヵ月ぶりの活動費兼小遣い支給日であったことを、北一輝がうっかり失念していたとは口にできなかった。配下の大勢の門下生たちに、密かに活動費を渡している夫が、すず子には誇らしくてならなかった。

北一輝はたしかに犬を飼っていた。その犬は島野三郎が満州を旅行した時にそこから送ってくれたグレート・デーンで、流れるような青銅色の短毛の優美な体の線と、筋肉質で引き締まった猟犬の猛々しさとがよく釣り合っていた。飼ってみるとほとんど吠えたりしない静かな犬だったが、不審な人物が近づくと重々しく低い声で唸りだし、その精悍な顔付きからだれもが近づくことを躊躇うような怖さがあった。どうしたわけか飼い主に似て眇だったため、末松らは北邸を訪れるたびに笑い合った。

その日、みんなは周辺を散策し、紅葉したナナカマドを千切ったり、ススキの穂でくすぐりっこをしたりして遊んでから、温泉場まで足を運び、ゆっくりと温泉を楽しんだ。夜遅く車は帰ってきたが、北一輝は乗っていなかった。

翌日の午後、「さあ、帰るぞ」と渋川運転手はクラクションを鳴らしてみんなを呼んだ。イタリア製の高級車は、帰心矢のごとく走った。革命の姿がちらちらと見え隠れするようになった。いざ、革命へ、車よ、革命へ革命へひた走れ。渋川は心に呟いた。

昭和五年が静かに明けた。巷では昨年五月に発売になった映画の主題歌《東京行進曲》がヒットしていて、繁華街を歩いていると、どこからか必ず佐藤千夜子の愛らしいラヂオの歌声が流れてきた。

ロンドン海軍軍縮会議は、昭和五年（一九三〇年）一月二十一日からイギリス上院で開かれた。国際協調と緊縮財政に取り組んでいる民政党の浜口雄幸内閣としては、軍縮には賛成であったが、ワシントン海軍軍縮会議のような譲歩しすぎの轍は踏みたくなかった。そこで政府は、補助艦合計と大型巡洋艦それぞれ対米七割の確保、潜水艦の現保有量の確保という原則を閣議決定して会議に備えていた。この会議は難航したが、三月に妥協案が成立し、対米比率は、補助艦合計では六・九七五割、大型巡洋艦では六割であった。潜水艦は、日米ともに五万二千トンだった。

内閣は条約締結の方針であった。が、海軍軍令部長の加藤寛治は、これでは海軍の作戦上重要な欠陥が生じるので、協定の成立には慎重審議をしてほしい旨、天皇に帷幄上奏した。この行為は、政府が軍令部の反対を押し切って兵力量を決定したと決めつけたことになり、厄介な問題が出来した。憲法では、軍の《統帥事項》は、陸軍の参謀本部と海軍の軍令部が天皇に輔翼し、軍の《編制事項》は、陸・海軍大臣と内閣が天皇に輔弼することになっていたが、それでは軍縮問題は、そもそも統帥事項なのか編制事項なのか、という難問を突きつけてきたのであった。政府は、条約上の海軍兵力量の決定は、海軍省をふくむ政府の責任であり、軍令部の意見は参考にすればよいと考えていた。

衆議院は一月二十一日に解散し、二月二十日、総選挙が行われた。この総選挙は、一月に金解禁が導入され金本位制が復活したなかで、「浜口か犬養か」の争いとなった。政友会では、狭心症で急死した田中義一に代わり昨年十月に犬養毅が総裁となっていた。総選挙の結果、ライオン宰相と愛称されることになる浜口の民政党は、解散時より百議席多い絶対多数を握った。この圧倒的な世論の支持を背景に、条約批准の方へ動いた。

北一輝の弟・玲吉もこの総選挙で急進愛国党から立候補していた。急進愛国党の津久井竜雄、伊地知義一らと全日本興国同志会の天野辰夫、中谷武世、綾川武治らが中心になって、国家社会主義系の十六の団体が戦線統一したものだった。玲吉は、大正十五年から務めていた大正大学教授を辞任して立候補したのだが、落選だった。

桜の開花が待ち遠しいある日の明治神宮外苑で、小沼正（おぬましょう）が寺田稲次郎と立ち話しているところへ、ちょうどグレート・デーンを散歩させていた北一輝が通りがかった。

北一輝はシベリア栗鼠（りす）の背の青いところだけを縫い合わせた外套を着ていた。超特級の豪華品だが、肌寒い日和に外出するときのいつもの出で立ちだった。ほかにカワウソの外套と水鳥の腋毛だけで作られた外套を持っていたが、気分と天候で選ばれた。寺田はステッキを手にして、柔道家の強肩に厳めしく黒羅紗のマントを翻していた。

小沼は北一輝の姿を見ると、犬に警戒しながら近づいてきて言った。

「もう、政党政治も終わりですね。疑獄事件ばかりじゃないですか。また、軍縮条約はなんて様です。こんなことで、国の守りはできるんですかねぇ？」

昨年の昭和四年に入ってからも、北海道鉄道、東大阪電軌をはじめとする私鉄疑獄事件で、政友会の前鉄道大臣・小川平吉が起訴され、政友会への信頼が著しく揺らいでいた。小沼は、小川平吉の秘書をしている薩摩雄次との付き合いがあったから、小川の情報をよく知っていたのである。

「それはねぇ」と、北一輝が犬の綱を引っ張りながら言った。「クラゲの研究者の責任だよ」

「クラゲの研究者?」と、小沼は眼を白黒させた。

そのような話を聞いたことがあったが誰だったろうかと、小沼は思案した。

「宮城の水槽で、クラゲを飼っている人がいるだろう」

クラゲが神代の日本についての形容であることから、北一輝は好んで軽蔑的に使っていたのである。

「ひょっとして、天皇のことですか?」

「その科学者が悪いのさ。政治家の民主主義も国防の不安も、みんなそこに原因があるんだ。科学者だから、研究しかしていない。兵力を決めるのも天皇のはずなのに、天皇がクラゲの種類や数のことしか考えていないから、政府が勝手に決めてしまう。ここがわが日本帝国の、ただ今現在の大問題でね。天皇には国家の経綸のすべてに関わってもらわないといけない。そのためには、なにもかも天皇の権利だ、大御宝だ、それもこれもすべて天皇帰一だ、ってところへもっていかないとだめなのさ」

「そうすると?」

「そうすると、政治も外交も国防も一本にまとまる」

「それぢゃあ、天皇の頭脳がぴか一ぢゃないといけないねぇ?」

「そうとも。ぴか一ぢゃないとねぇ。天皇がでくの坊ぢゃあ、だめだ」

「それ、ちょっと、不敬な言い方ぢゃないですか?」

小沼は咎めるような眼で北一輝を睨んだ。

「仮の話だ。かの吉田松陰だって、脳足りんの天皇が出てきて周りの人間を殺し始めたらどうすべきかと考え、そのときのわが身の処し方まで書いておるのを、おまえは知らんのか?天皇を守るためには、そのくらい将来のあらゆる状況を見通す洞察力がなきゃいかんよ、ね、君、そうでしょう?」

小沼は吉田松陰に面食らったのかしばらく言いよどみ、小声で訊いた。

「……天皇が殺し始めたら、吉田松陰はどうするって?」

「自分が殺されるまで、祈りつづけると言うんだ。……もしも天皇がでくの坊だと分かったら、そのときは、天皇も日本精神も日本の経綸も、すべてががらがらーって崩れてしまうわい」と言って、北一輝は高笑いした。

「怖い、怖い」と、小沼は首を竦めた。

寺田稲次郎が、ステッキを捻りながら北一輝を冷ややかに振り返った。グレート・デーンも、身構えて寺田を振り返った。吼えることはなかった。

「でも、西田さんはそんな話はしませんでしたよ」と、小沼は不満足げに言った。

「あいつは、こんな話はしないさ。慎重居士のきらいがあるからねぇ」

「慎重居士？　なるほど、たしかに」と、急に頷いて声をひそめながら、小沼はピストルを撃つように指で仕草をした。「このあいだ、西田さんの配下には、これを使える人は何人くらいいるか訊いたんですよ。そしたら、呆れかえったような顔で、はぁ、と言ったきり口を噤んだままでした」

「それは、まったく別の話だ」と、北一輝は咎めるような口調で怒鳴った。「たとえ改造のためであれ、人殺しは赦さんぞ！　おまえらは二言目には捨て石、捨て石というが、たとえ千人が捨て石になって千人殺っても、悲しいかな、国家はびくともせんよ」


北一輝は、民政党の金解禁によって中小資本家が淘汰され、国家経済が危機に陥るのではないかと危惧しながら、総選挙から条約批准の方に走った浜口の民政党政権の動勢を睨んでいたが、三月二十七日朝の読経の折り、「内外多難　金解禁重大なり（消）　大日本帝国なり　種臣」と告げられると、北一輝はこれは絶対に許されざる外交だと考え、動いた。種臣とは佐賀藩出身の外交家・副島種臣であるが、北一輝はその外交手腕を高く評価していたから、外交に関しては彼を告り代として神仏のお告げを聞いているのである。

北一輝は政友会に乗りこみ、小川平吉、森恪を訪ねた。私鉄疑獄事件での収監から出所したばかりの小川は悄然と肩を落としていたが、「条約批准は統帥権干犯なんだ」と北一輝は勇気づけた。

《統帥権干犯》という言葉は、憲法上の大権事項で臣民としてこれを犯せば憲法違反となる言葉にふさわしいものとして、北一輝が一晩考え抜いて思いついたのだが、軍令部長の加藤寛治や次長の末次信正らは、すでにこの言葉を各方面で使って条約批准阻止を画策していた。五月二十日には、海軍軍令部の参謀・草刈英治少佐が、条約調印に憤激して自決して果てていた。

政界でこの言葉がばらまかれると、民政党の外務参次官・永井柳太郎が、とつぜん牛込納戸町の北邸を訪ねてきた。浜口内閣の幣原喜重郎外相が遣わした非公式の使者だった。杖をついた永井はいかにも使者らしいモーニング姿で、太く低い声で諭すように懇願した。

「統帥権干犯で攻めまくるのは、止めてくれ。編制事項は政府の専断事項なのだ。それを統帥権干犯だなどと、君らしくもない」

「まさに、そのとおり」と、北一輝は大袈裟に言った。「第一（でーいち）、陶酔軒だなんて、支那料理の看板みていでよろしくねーちゅうのさ。しかし、永井君、君らは、グッド・モーニングなんか派手に着込んで、世界の大勢は民衆の世論にありなどと、憲法上の大権事項までわがもの顔に振る舞っているが、ここが問題でね。しかもだよ、軍備を減らせば失業者が出るに決まっているんだ。武器を持った失業候補者が、君らが演壇で派手に振る舞うのをその下からじっと見上げているんだからね。どんな気持で武器をしっかり握って見上げているか、とくと考えておいたほうがいいんぢゃないかね」

永井は、銃口でも向けられたように、怯えた表情で佇立していた。

軍事参議官会議が開かれることになった。しかし、会議では海軍省と海軍軍令部が正面から対立したまま、にっちもさっちもいかなくなっていた。

北一輝は少し焦っていた。「この屈辱のまま日本が引き下がるわけにはいかない。手っ取り早く、浜口の命を狙ったらどうだろう。内閣が態度を変えないのであれば、次善の策としてそれもやむをえない。だが、自分が下手人になったら、死は覚悟しなければなるまいが、わしがいなくなったら、すず子はどのように生きてゆくか？　尼にでもなるしかないな」

五月十二日の読経では次のような光景が見えた。「覆面ノ人、暗ノ中ニ人ヲ斬ル、順々ニ三人ヲ斬ル」。十三日には次のように出た。「昨朝ノ三人ヲ斬ル有様ヲ再ビ示サレテ　暗殺　ノ文字」。北一輝は、やはり浜口雄幸を殺るしかないな、と思い詰めていた。

六月に入って間もなく、加藤寛治は帷幄上奏して退任した。加藤が飛行連隊増設を交換条件に海軍比率を呑むと浜口に約束しているとは、北一輝は知る由もなかった。

軍事参議官で前海相の岡田啓介は、財部海相を辞職させるという案を出し、それでやっと合意に達した。枢密院では、枢密院議長・副議長の罷免も辞さないという態度の政府に折れ、九月に「無条件でご批准然るべし」と奉答し、やっと一件落着となった。

九月二十六日朝には、「号令　陸海軍共にて兵馬の大権護れ　軍人の本分尽くせ　条約不利大山」と告げられた。大山とは大山巌のことで、日露戦争の満州軍総司令官である。十月二十八日朝、「朝日　やっつけてしまえ（消）」の声が聞かれた。あの朝日平吾に暗殺を託したかったのである。

十一月十四日、浜口雄幸首相は東京駅頭で佐郷屋(さごうや)留雄に狙撃され、重傷を負った。浜口は東京帝大付属医院の分院に運ばれ、塩田広重分院長の緊急手術によって銃弾を摘出し、一命は取りとめた。

この日の朝のお告げは、「釈迦牟尼仏（消）自力大乗、直に他力本願」だった。他力に頼れると分かっていたのである。

北一輝門下には、愛国社の盟主・岩田愛之助がいた。北一輝が岩田宅を訪れたとき、岩田を慕って上京していた佐郷屋がちょうど寄寓していた。そこで北一輝は、国益を守るには浜口を殺るしかないのだ、と悲愴な口調で説いた。佐郷屋はそれを忖度し、実行したのだった。

佐郷屋はその後死刑の判決を受けたが、控訴はしなかった。死刑確定後、北一輝と西田税がいくども面会に訪れ、法華経の教えを説き、死に対してどう向き合うかを説き、北一輝は自分の祈りで君を救ってみせると断言してみせた。すず子も監獄を訪ねて佐郷屋と面会し、国難的重要事案を処理してくれたことへの恩義を表明している。

翌昭和六年、浜口首相はやや回復して三月に職務に復したものの、健康は悪化してしまい、四月になると浜口内閣は後事を若槻礼次郎に託して総辞職した。そして、浜口は八月に逝去した。

四　流産した十月決起

八月二十六日には、明治神宮外苑の青年会館で《郷詩会》の結成大会が開かれた。これは、国家改造のための捨て石になろうという井上日召らが、クーデターによる権力掌握を企てている橋本欣五郎らの佐官級軍人を「覇道」だとして改造運動での共闘を拒否していたのを、西田が諄々と説得し、大洗を中心とする日召ら民間の改造派と、陸海軍双方の皇道派の、提携団結を企図した連絡協議会であった。集まったメンバーはだれもみな浴衣に袴姿だったため、だれが陸軍でだれが海軍か、また軍人と民間人の見分けもつかなかった。ただ一人、農本主義の橘孝三郎だけが夏羽織を着けていた。陸軍からは菅波三郎、大岸頼好、野田又男、末松太平ら、海軍からは藤井斉、三上卓、古賀清志ら、民間からは西田税、井上日召、小沼正、菱沼五郎、渋川善助、川崎長光らが出席メンバーで、全四十名だった。郷詩会の総まとめ役の頭目には西田税が選ばれた。この集会には、関心を寄せながらもまだ陣営には加わっていない磯部浅一、村中孝次らも参加していた。

ニューヨークで始まり世界に広がった世界大恐慌の影響で、この二年前からすでに不況に陥っていた日本では、金解禁による打撃が加わって昭和恐慌に突入していた。このような世情のなか陸軍は、国家総力戦の具えをなにがなんでも整えたいと焦りはじめていた。資源調達のためにはどうしても、満蒙すなわち南満州を確保しなければならない。この中国大陸を確保できれば、石炭資源をはじめとした自給自足圏が確立でき、対米戦の補給基地としてばかりか、対ソ戦の前線基地ともなる。前満鉄副総裁・政友会の松岡洋右が通常国会で叫んだ「満蒙はわが国の生命線である」という認識が大勢となってゆき、関東軍高級参謀・板垣征四郎大佐と同作戦主任参謀・石原莞爾中佐らがこの二年前から練りあげていた、満州の武力領有が実行される段階にはいっていた。板垣と石原は往復電報を交わして、意志を確かめ合っていた。

「サンウマサニイタラントシテカゼロウニミツ」

そして、この昭和六年（一九三一年）の九月十八日、関東軍は自らの手で柳条湖の満鉄線のレールを八十センチほど爆破した。列車は脱線することなく走って奉天駅に定刻に到着したが、それを中国軍の仕業だと騒ぎたてて奉天城を襲撃した。翌十九日、朝鮮軍司令官・林銑十郎中将の独断により、朝鮮軍の一部を鴨緑江を越えて満州まで進めた。関東軍司令官・本庄繁中将は、石原の進言により関東軍を出撃させた。翌日の閣議で、事態不拡大方針がいったん決定されながら、後日の閣議で「事変」と変更され、朝鮮軍の国外出兵が承認された。中国はさっそく国際連盟に提訴したが、関東軍は張学良が仮政府をおいた錦州を空爆した。これには内地から菅波三郎、対馬勝雄や、陸軍の戸山学校にいた末松太平ら青年将校も出征した。満州事変の始まりである。

九月も末になると、独走した軍部への非難の多かった世論は一変した。「暴支膺懲」の声が巷にあふれ、満蒙問題に厳しい論陣を張っていた『朝日新聞』や『東京日日新聞』が、関東軍への献金を呼びかけるまでになっていた。

九月十九日朝の誦経のあと、北一輝は部屋から動こうとしなかった。

「昨日の朝の誦経では、海の上に城が現れた」と、北一輝は呟いた。「城はひとつ現れると消え、また次の城が現れては消えた。それから、虹が現れた」

「それは、なにを予言しているんですか?」と、いっしょに読誦を終えた西田は訊いた。

「城とは化城、すなわち幻の城のことだ。仏がわれわれに化城を見せてくれるのは、進む先があまりに遥かなので、厭になって途中で引き返したりしないよう、幻の城でも見ながら一息いれろ、ということだ。しかし、虹は白い虹だった。白い虹はひょっとすると凶事の予兆かもしれない。とにかく、満州そのものが、大光明と出るか大危機と出るか、先行きがかいもく見えてこないのだ。まず、ソヴィエト・ロシアという偽国家は、日本国内で日米戦争の声が高まりつつあるのを嗅ぎとり、支那の排日運動を導火線に日米戦争を起こさせようと支那人をけしかけておる。日米戦争こそソヴィエト・ロシアが待ち望んでおる最終目標なのだ。日米戦争は、日本一国と全世界との戦争にまで必ず拡大する。そこへ進まないよう、ここはじたばたせずに一息いれるのだ」

「ロシアがどう出てきますかね?」

「そこだ。ソヴィエト・コミンテルンはこれまでも、支那を撹乱し、朝鮮を煽動し、さらには日本の君主国体と国家組織を破壊転覆しようと、資金をたっぷりあてがって日本共産党を操ってきた悪鬼だが、壊滅状態とはいえ日本共産党にはまだ残党がおるから、コミンテルンは日本国内に指令を出すだろう。コミンテルンは君たち青年将校にも近づいてきて、必ず甘い悪魔の囁きをするはずだ。スターリンが、『実は自分は後醍醐天皇の末裔なのだ』と言って決起を呼びかけてきたら、さあ、どうする?」

西田はうーんと唸って、一瞬噴きだそうとした表情を強ばらせた。

「日本は満州占領によって」と、北一輝は静かな声でつづけた。「これまでの無方針という哀亡政策への退路を断った。大光明か大危機か、それはまるで不明だが、ほかに進む道はない。日本は明らかにルビコン河を渡ってしまったのだ」

西田がよこから北一輝を振り返った。

「ルビコン河か? イタリアとガリアを分かつ河だ。ガリアはフランスだ。この河がローマ帝国との国境線で、元老院令によれば、ここの橋は武装解除して渡らなければならない。が、ガリアから兵士を連れてきたカエサルは、『賽は投げられた』と叫んで、武装解除せずに渡ったのだ。つまり、後戻りできないほんとうの戦闘状態への突入を宣言したというわけだ」

「どうしてガリアにいたんですか?」

「ガリアを征服してローマ帝国の支配下においたのがカエサルだが、凱旋してローマに帰ったものの、元老院などにけむたがられ、ガリアに左遷されておったのだ。その怨みが骨髄に徹し、ローマの執政官・ポンペイウス将軍がどうしても赦せなかった。カエサルは武装したままルビコン河の橋を渡り、ポンペイウスを討った」

「なかなかの人物ですね」

「カエサルは天才だった。戦闘の天才と思うかもしれないが、そうではなく、借金の天才だったのだ。どこが天才かと言えば、巨額になればなるほど、債権者より債務者の力のほうが強くなることを知っておったのだよ」

「日本にも、カエサルが一人いますね。いや、こちらはカエサズだ」

西田が冗談めかして言ったが、北一輝はにこりともせずつづけた。

「つまり、日本はもう後戻りできない。日支同盟には戻れない。対支戦、対露戦を睨んだ支那侵略に突入したのだ。だが、その支那が、鵺に変身してしまっておるから厄介なのだ」

北一輝は瞑目しながら、しばらく黙していた。が、眼を見開いた。

「国民党も共産党も、双方が国家主義に目覚めたが、事大主義の国民性から学んだ米国の大統領制と共和制を棄て、いまや議会も共和政も廃止して、一党独裁制を作り上げてしまった。こんな鵺と戦うのに、日本にはただ一つの方法しか残されていない。張群のいる国民党を鵺から切り離し、手を携えて共産鵺を討ち取る。これしか方法はないのだ。私が陸軍士官学校に入れてやった張群の頭脳なら、ことの本質が見えているはずだ」

この日の北一輝の語り口は、いつになく熱を帯びていた。

同じころ、大本教の出口王仁三郎は、満州事変の起きた一九三一年を「いくさのはじめ」と読み、これを皇紀二五九一年に直して、「じごくのはじめ」と予言していた。

この頃、東亜経済調査局から転任して満鉄本社の人事課にいた笠木良明は、満州事変後、関東軍参謀の石原莞爾からの要請で、自治指導部の中心的役割を担っていた。自治指導部というのは、軍の行動を政治的思想的に意義付け、全体の青写真を宣伝する政策宣伝部門で、この部署が発布した第一号の『富国』は、笠木の執筆になる東亜の大理想が吐露されていた。笠木の念頭には、北一輝の『改造法案』の結語がちらついていた。

「……神国日本は太陽の国であり、亜細亜諸国はその光を慕い、その光を受けて輝く月の国である。日本は亜細亜の救済主をもって自任し、自責しなければならない。……」

満州事変後、新官僚と呼ばれる新たな傾向の官僚たちが注目されてきた。多くはマルクス主義の洗礼を受けながらその主義に走らなかった帝大系の官僚たちであったが、政党政治を排除して軍部と提携した共産主義的計画経済による統制行政を志向していた。軍部はマルクス主義に走らなかった者や転向者たちを満鉄調査局に拾い上げて優遇していた。

若槻内閣の不拡大方針への風当たりは強かったが、陸軍中佐・橋本欣五郎らが昭和五年春に結成した国家改造組織《桜会》は、大川周明や清水行之助と組んで、満州における陸軍の勝利の成果を政府がご破算にしてしまうのを防止するため、三月にクーデターを計画したが、大川が宇垣へ出した決起要請の手紙への返事として中止命令が出されたため、外部に知られることなく未遂に終わった。

そこで、次のクーデターを計画した。予定された十月二十一日のクーデター決起には、将校約百二十名、それに近衛師団の歩兵・機関銃中隊、海軍の抜刀隊、毒ガス、爆弾、海軍の爆撃機十数機を動員する予定だった。首相官邸を急襲し、首相・閣僚らを殺害し、警視庁、各新聞社、中央放送局、中央電信・電話局、中央郵便局を占拠、陸軍省、参謀本部を包囲し、東郷平八郎元帥と井上日召が参内して大命降下を奏上し、荒木貞夫中将を首相兼陸相とする新内閣を発足させようとする計画だった。橋本欣五郎が内相、建川美次が外相、大川周明が蔵相、小林省三郎が海相、藤田勇が拓相、首相官邸襲撃担当の長勇は警視総監に予定されていた。

隊付青年将校、井上日召一派、西田税一派もこの決起に関わる手筈だった。この時期の宮城警備は、近衛歩兵第三連隊の警備司令官・野田又男中尉がいっさいの権限を持っていたから、日召一派以外のだれも宮中に入れず、招き入れた日召に事件の真相をすべて陛下に奏上させ、裁可をうるという想定だった。

十月十七日、計画が内大臣・牧野伸顕を通じて陸軍大臣・南次郎、内務大臣・安達謙蔵らに伝わり、池田純久、田中清両大尉が参謀本部作戦課長・今村均大佐に事件の全貌を直接暴露し、主謀者は築地の料亭で検束、同志たちも憲兵隊に検束され、未遂に終わった。

これがいわゆる《十月事件》である。未遂だったということもあり、橋本が二十日間、長勇らが十日間の「謹慎」というきわめて甘い処分で終わった。軟禁中の橋本らは酒を許され、馴染みの芸者まで呼ぶことができた。

国民はなにも知らされず、なにも知らなかった。発表されたばかりの流行歌「酒は泪か溜め息か」を、藤山一郎という新人歌手の真似をして歌い、十一月には、ヒットしだした「丘を越えて」を口ずさんでいた。いずれも古賀政男の作曲だった。初めての本格トーキー映画「マダムと女房」が、五所平之助監督、田中絹代主演で八月に封切りになっていたが、上映はつづいていた。

ある日、西田が気難しげに口を固く結んだまま北一輝の前に立った。

「どうした？　蛸が間違えて入れ歯を呑み込んだような顔しとるが？」

西田はそれには応えず、居間のソファーに投げやりにどすんと腰を下ろした。

「とにかく杜撰孟浪（まんらん）でした」

北一輝が十月事件への参加を表明したのは、ジェスチャーにすぎなかった。北一輝にとっては、意中の青年将校たちによる宮城占拠だけが、唯一の成功目標だった。それ以外のどのような宮城占拠も、決して実現してはならない事態なのだ。だから、今回計画された勢力による宮城占拠は、なにがなんでも阻止しなければならなかった。だから、北一輝は蔭で暗躍して流産させたのである。

「成功するとでも思っていたのか？」

「成功したら、ちょっと怖いなと思った瞬間はありました」と、西田は応えた。「橋本たちの見せる日召や自分たちへの態度がおかしいんです。天保銭まるだしなんです。二言目にはトルコの大統領を引き合いに出して『ケマルは、ケマルは』と、まるで昔からの親友扱いなのに、自分たちは邪魔者扱いです。大川先生は大川先生で、二言目には、『人材などは掃いて捨てるほどいるのだ、金だ、金だ』とこうです」

「大川に人材は要らないさ。首相になるのは自分だから」

先日見せてもらった大川が牧野伸顕に提出した組閣案を思い出して、西田は膝を叩いて大笑いした。

「そう言えば、かのナポレオンも、対外戦争は一に金、二に金、三に金だ、と言っていたな。どうも、これの口真似だな」

「大川先生は、二言目には日本とアメリカは、それぞれ東洋と西洋の覇者として戦うことになるだろうと言いはるんですが……」

「いまだに尊皇攘夷の鼻息だ。自分の望んでおる天皇絶対君主の時代を実現したいのだ。そして、絶対君主の天皇を自分たちで操縦しようという魂胆だ。そんなにしたければ、勝手にやってみればいい。だが、大正時代に起きた第一次世界大戦以後、世界は日露戦争のような二国間限定の戦争は、すでに、ありえない時代に変わっておるのだ。日米戦争は、必ず英米露支四国と日本一国との、第二次世界大戦となってしまうのだ。これでは日本の勝機はゼロだ。

とにかく米国は、立ち回りが巧妙なのだ。日露戦争の後、日本を仮想敵国にして対日戦争の計画もちゃんと練っておるのに、顔では善良な平和主義者を装い、ロシアとの講和を仲介してやろうぢゃないかと言い寄ってくる。ところが、ロシアのインテリが米国に渡って、日本人は金が欲しくて戦争をしかけてくるんだと言いふらされたのをこれ幸いと、白人優位の人種差別意識だけは強いから、そうだそうだ、日清戦争の時も賠償金で戦力を増強してしまったのだから、今回は賠償金なしのほうがわれわれにとって都合がいいわい、とくる。そんなこんなで、ワシントン軍縮、排日移民法、そしてロンドン軍縮ときた。とにかく日露戦争で見せつけられた日本の実力が怖くなって、何が何でも日本を孤立させたいのだ。そこまでされても、日本はへそを曲げない。これは何故だ？　先のヴェルサイユ会議なんか、フランスやイタリアは自国の国益を守ろうと、決裂不参加なんだぞ。日本も国益を守りたければ、難癖つけて参加しなければよかったのだ。こうなってしまうのも、日本にはもともと、国益という国家的視野の計算がないからなのだ。計算がないばかりか、そもそも、国益を決定する機関がない。だから、日本には国益などというものはないのだ。だから、だれも国益のことなど考えない。それなのに、国際的に日本がどう見られておるかだけは気になってしょうがないのだ。これが国際協調派だ。国際協調と言えば聞こえはいいが、列国に追従して自分の派閥がどれだけ利益が得られるか、ということしか考えておらんのだよ」

「先生のは、ずいぶん単純な割り切りようですね」

「世界の出来事なんて、みんなが悩んでいる以上に単純なものさ。物事を見るときは、自分の願望や欲望といった私的な雑念をいっさい消し去って真っ新な白紙にしておくのだ。その上で、相手の表明しておる主張とその裏に隠しておる欲望をとくと眺める。これが決め手だ。そうすると、相手の隠しておる欲望が、自ら語り出してくれるのだよ。ところで、日召はどうだった？　よろしくと言っといたんだが」

「なかなか真摯に対応してくれました」と、西田は応えた。

井上日召は、大川周明と同じ歳で、満州から帰国して日蓮宗の修行を積んだが、法華経を読誦しているという話を聞きつけ、しばしば北一輝宅に顔を出していた。昭和に入ると茨城県那珂郡大洗に護国堂をつくり、地元の農村青年ばかりでなく、東京帝国大学や京都帝国大学から学生たちを門下生として集めていた。日召は、「一殺多生」、「捨石主義」を主張した。同志も資金も武器も兵力もないばかりか、配下の言論機関もなく、それで国家が最悪となれば、一人一殺しか手はないと考えたのである。自分ら一人一人が権力者一人を殺す。自分一人は死刑になるであろうが、娘を売る親が数十人でも少なくなればそれは救済だ。これが日召の主義で、一人一殺主義でゆくならば、決行はいつでもすぐ実行できた。

「彼は、行者に恥じない人物ですね。宇宙一元の平等観は、なかなかのものです」

「日召というやつ、風のような唯我独尊の男に見えたが、国柱会の田中智学の弟子にしておくのはもったいないか。それとも、智学を超えておるかな？　しかし、智学の《八紘一宇》はどこまでも広いからな。世界は日蓮宗に改宗した天皇が頂点に立って一つの大家族になるというのだから、この世のすべてを日蓮宗に併呑してしまうのが《八紘一宇》だ」

田中智学は日蓮の『立正安国論』に基づく日蓮主義で、信仰の中心は《絶対者》だった。多くの知識人が惹かれており、国柱会には、小笠原長生や宮沢賢治も参加していた。

「田中智学といえば」と、西田は言った。「石原莞爾だってそうです。石原の国柱会入会は日韓併合の頃らしいですから、年季が入っているんですよ」

「しかし、法華経は読んどらんだろう?」と、北一輝が言った。

「いえ、伝え聞くところでは、けっこう唸っているようです」

「どこまで法華経の世界がわかっておるやら。中野正剛が、わしのお経について、いつも同じところを唸っておるだけで、ほんとうは有難くもなんでもないと、周辺に話しておるそうだが、これはまんざら当たっていなくもないとはいえ、わしのは本物だ。しかし、日蓮もどきはいっぱいおるぞ。そんな日蓮もどきの石原莞爾が、世界最終戦争で日本が勝ち残れると幻想しておるのか。経済の産業革命なしに最終戦争には勝てないという眼の付け所はなかなかのものだが、これはドイツ留学での入知恵にちがいない。とにかく、米国を相手にしたら、日本は必ず負けるよ」

その後、十月事件の情報漏洩の責任者が西田であるとして、統制派の青年将校たちの追及の手が伸びてきたが、北一輝が強く制止したため、西田はその場に出なかった。それで災難に遭わずに済んだ。橋本欣五郎は、北一輝が宮内省へ情報を売り込んだのだと周囲に言いふらしたが、まんざら見当違いというわけでもなかった。

昭和六年十二月、若槻内閣の後継として政友会の犬養毅内閣が成立、蔵相についた高橋是清は初閣議で金輸出再禁止を決定した。金解禁を非難してきた北一輝は、これでやっと中小資本家が救われると溜飲が下がった。陸軍大臣に皇道派の荒木貞夫中将が選ばれたことも、北一輝を喜ばせた。犬飼は荒木を通じて、若手幕僚層が血気にはやって国家改造に走るのを抑えた。

犬養内閣が成立してまもなく、森恪から北一輝のもとに金一封が届いた。五万円だった。現在の幣価で一億五千万円ほどになるが、佐郷屋の襲撃によって浜口内閣打倒が実現したことへの政友会の気持であろう。北一輝は革命の兜の緒を締め直した。なにはともあれ、若殿たちには、宮城占拠を目指して決起してもらわねばならない。決起に向けてどれだけ同志を募っているか？　その気配はまだまだ耳に届いてこない。北一輝は少し焦りを覚えていたが、特に自分から打つ手はなにも思い付かなかった。


昭和七年の二月九日、選挙運動のために東京市本郷区に赴いた民政党の井上準之助前蔵相は、小学校の通用門を入ったところで小沼正の銃弾三発によって射殺された。また、三月五日になると、三井合名会社の理事長・三井銀行会長の団琢磨が、日本橋の三井銀行本店の社員通用入口の階段で、菱沼五郎によって射殺された。井上準之助は金解禁の責任者であり、団琢磨はイギリスの金輸出再禁止後に円を売って千金を稼いだとして非難されていた三井の重鎮であった。これらの事件は、検事の命名により《血盟団事件》と呼ばれることになったが、暗殺の命令を下したのは井上日召であった。日召は渋谷・常盤松の頭山満邸に匿ってもらっていたが、頭山邸は治外法権になっているため、警察もそのことを把握しながら手を出せないでいた。

三井合名会社理事の池田成彬から北一輝に電話が入ったのは、血盟団事件から一週間後のことだった。池田は北一輝を麻布の自宅に呼んだ。池田は迎車をよこした。イギリスのロールス・ロイス社製《ファントム》だった。北一輝は思った。「なるほど、わしのよりちょっと上かもしれない」。黒服で身を固めた運転手は、とても慇懃に北一輝を迎えた。

応接間の暖炉は、ギリシャ彫刻のような浮き彫りの大理石が囲んでいた。天井では、洒落た造形のシャンデリアが眩しいほど輝いていた。そこに案内されると、着物姿の池田は待ちきれなかったように言った。

「年末に、有賀(あるが)君に会ってくれたそうだね？」

「お会いしました」

北一輝は昨年末、訪ねてきた三井合名会社の有賀長文から、和紙に包まれた三万円を受け取っていた。早稲田大学と東京帝国大学で教鞭をとっていた有賀長雄という法律学者がおり、北一輝も若いころ早稲田大学でその聴講生になっていたことがあるが、有賀はその弟だった。なかなか目配りのきく男で、『二六新報』の秋山定輔には定期的に二万円、『やまと新聞』の岩田冨美夫にも時々一万円ほど、平沼騏一郎私設秘書・実川時次郎には五千円程度を与えており、マスコミや政界対策には万全の気配りをしていた。

有賀の用は、市井で高まっている三井のドル買い非難から発展した、右派による池田成彬暗殺の策動を直接制止するように働きかけてくれ、とのお願いだった。団琢磨が倒れたことから見ても、決して杞憂ではなかった。革新右派の多くが北一輝から活動資金を得ている以上、北一輝の発言には大いに期待できたのであるが、活動のどの部分にも北一輝は関与しておらず、各組織が独自の判断で自主的に動いていたから、いつなにが起きるかは北一輝にも予測できなかった。

「会ってくれて、ほんとによかった。三井は、孫文の支那革命の頃から、北さんにはほんとうにお世話になっているのです。心から感謝しております」

それから、池田は暖炉の前を行きつ戻りつしながら、北一輝の顔色を窺っていた。そして不意に訊いた。

「次は、わしだな？」

北一輝は黙っていた。昨年の十月事件の情報漏洩問題以来、井上日召とは付き合っていないので、情報は洩れてこなかったのである。

「黙っているということは、ずばりというわけだね？」

「日召とは、最近会っていないんです」

「噂とか、なにか気配があるんぢゃないのかね？」

「噂では、ずばりです」

このとき、丸髷の女中がワインを運んできた。池田は手を出そうとしない北一輝に勧めた。

北一輝はそれを断った。しかし、池田はグラスを持って北に渡そうとした。グラスが震えていた。

「日本酒のほうがよかったかな？」

「いえ、酒はやりません」

「ほぉ」と驚いてみせて、池田はそれ以上勧めなかった。グラスをとって口元まで運んだが、飲まずに元に戻した。「それで、今日来てもらったわけは、もうお分かりでしょうな？　とにかく、世間の評判ほどたちの悪いものはない。三井はドル買いで実際には二千四百万円もの赤字を出してしまったから、社内でもそれは極秘にしている。ところが世間はそれは儲かった証拠だ、わしを処刑しろ、と言うんだからね。まったく、たまったものではない」

北一輝は身を正して黙っていた。その態度を、池田はじぶんの意を酌んでくれていると了解したようだった。

「とりあえず、ご挨拶として」と言って、池田は懐から和紙の包みを取りだしてテーブルに置いた。

かなりの厚さがあった。百円札として、二百枚はあろうか。

「そちらの耳に入ってくる情報が知りたいのだが、情報といっても、わしに関する情報だけでいいのです。これは、年に二回に分け、盆暮れにお届けいたします。北さん、よろしく頼みますよ。なにかのときに、リストに上がっていますよ、と一言耳打ちしてくれるだけでいいんです」

「三井ともあろうものが、なんの護衛も付けてくれないんですか？」

「いや、護衛は一人つけてくれとるよ。団君にだって護衛はついていたんだからね。だが団君は、自分はなにも悪いことはしていないからと、じつは護衛を嫌っていたんだよ。それなら、わしだって悪いことはなにもしていないよ、と抗議してやったさ。でも、護衛なしでは危ないよ、と言っといたんだ。それなのに本人はまったく無警戒だ。お客の多い通用門なんか使うから……」

やや激した気持を鎮めるように、池田はワインをごくりと一口飲んだ。

「防弾チョッキを」と、北一輝は逡巡してから言った。「いつ着ければいいのか気になってしょうがない、というお気持はよく分かります」

池田は肩を震わせ、驚愕したような眼を北一輝に向けた。

「どうしてそれを？」

「岩崎まるまるさんから送られたとか……」と、北一輝はとぼけた口調で言った。

「岩崎久弥君だ。そこまで知れ渡っとるのか！　なんと、世間は……！」と池田は声を大きくして言ったが、咎める気配はなく、むしろ安堵したように窺えた。「なにを隠そう、防弾チョッキはいろんな人から三つももらったんだよ。ところが、いったん着けてみると、これが剣道の胴のようでね。ちょっとお手洗いに入るといっても不自由窮まりない。あまりの窮屈さに一日でやめてしまったのさ」

池田の差し出した包みに北一輝はいっこうに掌をださなかった。池田は気を揉んでいるように、室内をうろうろしだした。

「そういえば」と、池田は言った。「鈍翁がよろしくと言っていました。いやぁ、同郷だとは驚きました。世間というのは狭いものですなぁ」

鈍翁こと益田孝は、佐渡相川奉行所の士族の出だった。西郷隆盛に「三井の番頭はん」と揶揄された井上馨に可愛がられ、三井財閥を背負って立つ重鎮になっていた。隠居してからは、鈍翁と名乗って骨董集めに夢中だという噂だった。

「よく分かりました。自分にできることといっても限度がありますから、『絶対に』という言葉は使えませんが、ご意向に沿うよう、できるだけのことはしたいと思います」と、北一輝はきっぱりと言った。

「そうか、守ってくれるか。いや、ちょっと囁いてくれるだけでいいんだよ」と言うと、池田は急いで包みを北一輝の掌に持たせた。「盆暮れでなくても、入り用なときはいつでも声をかけなさい」

帰りも車で送ってくれたが、第一次大戦で活躍した戦闘機のエンジンを作っている会社だけに、走りが滑らかで力強い気がした。

包みの金は二万円だった。これは革命のための貴重な資金だ。なんとしても革命は実現しなければならない。そのためには、配下への活動資金もしっかり分配しておかなければなるまい。北一輝にとって、金が膨大に集まるほど革命への使命感が膨らんでいったが、青年将校たちの決起の話はいつまで待っても届かなかった。

昭和七年二月の総選挙で、高橋是清による金輸出の再禁止を世に問うて圧勝した政友会の犬養毅首相は、軍部が主導した満州国の建国には反対だった。そこで、この三月一日の建国宣言の直後、支那浪人・萱野長知を密使として、蒋介石のもとに親書を届けようとした。陸軍には満州国を独立国家にしようという画策があるが、自分は中国の一地方政権だと考えているので、支配権は国民政府にあると考えている、と伝えようとしていたのである。しかし、萱野は出国前に陸軍憲兵隊に逮捕されてしまった。

四月末、海軍の古賀清志と中村義雄両中尉が西田税を訪ねて来た。海軍側が満州国建国に反対の犬養毅首相打倒に決起するので、陸軍側もそれに呼応するように説得に来たのである。が、西田は不参加と伝えた。北一輝が「時期尚早で機が熟していないと同時に、大義名分が不鮮明だ」と制止していたためだが、北一輝の革命にとって、宮城占拠のない決起はまったく無意味な行動であり、高みの見物をしている価値さえなかったのである。

五　暗殺未遂事件

昭和七年五月十五日は日曜日で、朝から快晴の行楽日和になった。

この日、海軍中尉の三上卓、古賀清志らによって、五・一五事件が起こされた。この事件の最大の支援者は大川周明だったから、牧野伸顕邸襲撃は、形だけのものに抑えられた。頭部を銃撃された犬養毅は、深夜息を引き取った。

後継の組閣は五月二十六日から始まり、海軍大将の斎藤実を首相に、荒木陸相は留任、政友会・民政党の数名を含む挙国一致内閣が成立した。

五・一五事件はこうして、日本の政党政治にとどめを刺す結果をもたらし、大正十三年から九年間つづいていた二大政党政治は終焉を迎えた。たしかに政党数では二大政党による政治であったが、中道右派政党と中道左派政党が、民意によって交代を繰り返す、欧米のような二大政党政治体制にはほど遠かった。政友会は三井財閥を、民政党は三菱財閥を支持母体にしており、互いに競合する二大財閥の利害で動いているにすぎない、最悪の「無政治」だった。

五月十五日には、もう一人暗殺されかかった人物がいた。西田税である。

日召との繋がりでこの五・一五事件に加わった大洗の農本主義者・橘孝三郎をはじめ、海軍中尉の古賀、中村らは、十月事件のときのように西田から外部に情報が洩れることを恐れ、五・一五のどさくさの中で西田を暗殺してしまおうと決めていた。実行者に選ばれていたのは、川崎長光だった。

この日の夕方、犬養が撃たれたことなどまったく知らなかった西田は、代々木山谷の自宅でくつろいでいた。くつろぐというのにはやや語弊があって、西田は昨夜来、妻とやりあった夫婦げんかで初子がへそを曲げ、食事をつくってもらえなくて困っていたのだった。この日は朝からなにも食べていなかった。前日は土曜日で、西田の家では大蔵栄一や菅波三郎、村中孝次、栗原安秀、朝山小次郎が夜遅くまで話し込んでいた。話はいつまでも尽きず、二人だけでくつろいで甘えたかった初子を苛立たせたのであった。十五日も、昼過ぎから大蔵栄一や菅波三郎らが顔を見せて、夕方まで話し込んだ。

「飯を食っていけよ」と、西田はそれではと挨拶する大蔵たちに言った。

「いえ、いいです。犬も食わないっていいますから」と言って、大蔵栄一らはすげなく帰っていった。

ちぇっと舌打ちして夕食はどうしようかと思いあぐねていた七時ころ、川崎長光がひょっこり訪ねてきたのである。西田は、これをきっかけに初子の機嫌が直り、食事ができるのではないかと期待した。

「久しぶりだねぇ。まあ、上がりたまえ」

西田は自宅二階の六畳の書斎に案内した。お茶を運んできた初子が挨拶して階下に下がった。つんつんしたままだった。西田がセルの和服の裾をたぐりながらお茶をすすると、腹がぐぐと鳴った。

あれこれ四方山話をしかけたが、川崎の様子がどうもおかしい。いつもそれほど情感豊かな男ではなかったが、眼を合わさないで塞ぎこんでいる。これは絶対、変だ。なにかある、そう直感したとき、紫檀のテーブルの向こうの川崎が坐ったまま懐中からさっとピストルを取りだし、西田を狙った。銃身が震えていた。

「なにをする気だ!」

西田がそう叫ぶのと同時だった。川崎は発砲した。一発が右胸部に命中した。貫通してしまったのか、鉄の棒でびしっと叩かれたような感触だった。西田は「やりやがったな、この野郎」と怒鳴り、立ち上がって両手でテーブルをひっくり返して川崎の方に叩きつけた。が、川崎はさっと後ずさりしてうまく避けた。西田は裏返しのテーブルを乗り越え、腕を伸ばして川崎に組みつこうとした。このとき川崎はすかさずもう一発発砲した。こんどは西田の下腹部に命中した。一瞬怯んで西田は下腹に掌をやったが、川崎は後ずさりしながら障子にぶち当たった。障子は音を立てて後に外れ、廊下へよろめき出た川崎はつづけて数発発射した。ブローニング六連発銃だから、もう弾はない。海軍中尉らが、中国から仕入れてきたやつだろう。西田は思いっきり川崎に飛びかかったが、勢いあまって二人はもつれ合ったまま階段を転がり落ち、駆けよっていた階下の初子の眼の前で止まった。川崎は勢いよく起き上がり、脱兎のごとく玄関から外に駆けだして行った。

初子はすぐ北一輝に電話し、青年将校の栗原安秀にも連絡を取った。

北一輝が救急車を手配してくれ、それはまもなく着いた。北一輝も薩摩雄次と車ですぐ駆けつけてきた。救急車で順天堂病院に駆けつけたのは夜の九時半をまわったころだった。薩摩が小川平吉に連絡し、小川の政界のコネで医師にじきじき懇請して了解をとりつけ、塩田広重医師に順天堂病院まで出張手術をお願いできることになった。塩田は、東京帝大医科大学付属医院の第二分院長の外科教授で、一昨年、浜口雄幸首相が佐郷屋に撃たれたときに銃弾の摘出手術に当たった医師である。

O型の血液が必要だった。とりあえず駆けつけてくれた寺田稲次郎からの献血で百八十cc輸血をした。十時過ぎにやっと出たレントゲン診断によると、体内に残っている銃弾は二発だった。これは手術で摘出しなければならないが、執刀をお願いする塩田教授は、手術は明日でないと無理ということだった。

北一輝は駆けつけてきた青年将校らと会っていた。彼らに指導力を見せつける絶好の機会だった。菅波三郎以外は初対面だった。菅波は『改造法案』のことで、以前一人で北一輝に会いに訪れていたのである。

栗原安秀は身を正し、名前を告げて恭しく頭を下げた。大蔵栄一、安藤輝三、村中孝次らも神妙な顔で丁寧に挨拶した。これが西田の言っていた先生かという顔付きで睨まれた。他に香田清貞、朝山小次郎らとも対面した。菅波は深く黙礼しただけだった。北一輝の計らいで用意された控え部屋で、青年将校らは善後策を打ち合わせた。その結果、陸軍が中心となって国家革新の実をあげるべきことを陸相官邸の荒木貞夫に具申しようと、みんな揃って病院を出ていった。十一時近くになっていた。やがて眠気が襲ってきて、だれも口を利かなくなった。

翌日の早朝、執刀医の塩田教授が二人の看護婦を連れて病室に顔を見せ、ぐったりした西田を診察した。

「奥さん、ちょっと」と言って初子を廊下に呼び出し、小声で話した。「手術はしなければなりません。が、終わるまで命がもつかどうか、それが保証できないんです」

塩田の威厳のある顔が歪むのを見ると、頭が真っ白になった初子は、眼を宙に浮かせたまま声を失って佇立していた。

「それでも、やってください！」と、背後から北一輝が叫ぶように頼んだ。

手術は正午すぎに始まった。腹部を切開し、残留していた銃弾を摘出した。幸い大動脈などの太い血管は無傷だったが、腹のなかで跳ね回った弾丸で腸のあちこちに穴が開いていたので、腸を切断して繫がなければならなかった。それでも、手術は一時間で終わり、薩摩雄次の提供で二百cc輸血した。手術室から帰ってきてしばらくすると、発熱がはじまり、しだいに容態が悪化、頻脈となり危篤状態となった。

北一輝は暗澹たる気持のなかで、中国の辛亥革命後の上海で暗殺された宋教仁の最期の夜を思い出していた。黄興や譚人鳳らの忍び泣きが病院中に響いていた。革命の道程にはかならず暗殺がつきまとう。革命は、革命家の血を吸いたがるのだ。三上卓のこともあれこれ考えた。

三上卓海軍中尉は、佐渡の親戚に当たる斎藤恵吉おじさんの兄が佐賀県の三上家へ養子に入って生まれた子だった。だから、自分とは再従兄弟（はとこ）に当たるのだが、熱性の血を引き継いでいるというべきなのか。

「先生、どんな具合でしょうか？」と、具合を見に来て病室から去ってゆく塩田医師の後を追いながら、初子はおそるおそる声をかけた。

「奥さんですか。お気の毒です」

「……やっぱり……手遅れでしたか？」

「明日まで……明日までねぇ、もってくれるといいんですが……」

それを聞くと、初子の全身からみるみる血の気が引いてゆき、思わずその場にへたれこんだ。が、西田が日ごろ大事にしている法華経のことを思い出し、南無妙法蓮華経とお題目を心で念じてみた。夜半に西田はいくども痛みを訴えたが、初子は掌を握ってやることしかできなかった。掌を握りながら、もしこのまま死んでしまったら、どうなるだろうと初子は考えた。もしそうなったら、自分はこれら革命家たちの騒々しい騒ぎに付き合わなくてもよくなる。平穏で静かな普通の日常生活が戻ってくるだろう。そう思い至ったとき、初子は自分の恐ろしい想像に驚いて身震いした。

翌朝六時半の容態は、体温三十八度一分、脈拍百二十、呼吸三十であった。朝八時に容態を見に来た塩田は、額に掌を当て脈を取り聴診器を当てた。

「峠は越え、めきめき回復に向かっています」と、医師は言った。「それにしても、驚くべき頑強な体躯ですな」

医師の説明によると、腸の中が不思議なくらい空っぽだったのが幸いしたのだという。

「まあ」と小声で呟いて初子は紅潮した顔を伏せた。「愛の夫婦喧嘩だったんですね……」

初子は恥じらうことなく大粒の涙をこぼしつづけた。

西田が退院すると、それを祝いに青年将校や同志たちが次々と千駄ヶ谷を訪れた。そのなかに磯部浅一の姿もあったが、西田とは四つ歳下でこれが初対面であった。


西田は考えた。入院中、ほとんど死の世界まで足を踏み入れていた自分だが、その自分がこの世にふたたび戻って来られたのは、国家革新の必要のために、天が自分を生かしたのだとしか考えられない。これは天意だ。であるなら、まず天皇に大詔渙発の建白書を認めなければなるまい。西田はさっそく取りかかり、奉書に浄書すると、菅波三郎に家まで来てもらった。菅波は血色のいい西田を見て安心した。西田は机上にあった紫の袱紗包みを掌にしていた。

「これを天皇陛下に差し上げたいのだが」と、西田は言った。「秩父宮殿下を通じてお願いできないか、という相談なのだ」

建白書は、安藤輝三を通じて第六中隊長の秩父宮殿下へ手渡された。

西田は自宅で療養していたが、北一輝が費用まで用意して勧めるので、初子を伴って湯河原温泉に一カ月の逗留に出かけた。

「男湯でバレンチノみたいだ、って騒いでいたぞ」と、湯から上がってきた西田は初子に自慢げに言った。

バレンチノはハリウッド映画で一躍有名になったイタリア出身の俳優で、日本でも最近、何本かの出演映画が上映されていた。西田は髪を伸ばしてオールバックにしていたが、たしかに一見、映画俳優のような色男に映った。

「オールバックの髪型が似てたんでしょう」と、初子はそっけなく応じた。

死の淵から脱し、初子の嬉しそうな顔が見られると期待していた西田だが、初子は言葉少なく塞ぎ込み、嬉しそうな明るい笑顔はいっこうに見せなかった。そして、一週間も過ぎたころ、別れ話をもちだしてきた。

「私は革命家の妻として、これ以上あなたについてゆくことができません。私はもっと静かな生活がしたいんです。どうか別れてください。革命家にはそれに相応しい奥さんがいるはずです」

西田は見る見る蒼白になり、茫然自失の状態に陥った。そして、しばらくすると、切れ長の澄んだ瞳から、大粒の涙がぼろぼろとこぼれだした。着物の膝を濡らし、座敷の畳の上にまでつぎつぎとこぼれ落ちた。

「革命は長引いても、あと四、五年で来るだろう」と、西田は涙を拭おうともせず言った。

「おれの人生もそこまでだ。それまで、おれと一緒にいてくれないか。……広島の幼年学校を卒業したとき、皇太子台賜の銀時計をもらったが、ただのご褒美ぢゃ。ところが、このことに怨嗟した長州派の四、五人が待ち伏せし、夜、星を眺めながらいい気持で散歩しているおれに、ありとあらゆる罵言を浴びせ、さらには鉄拳で頬や頭を殴りかかってきた。これが、一度や二度ではないのだ。おれは無能な連中が、権力を笠に着て暴力でのさばるような国が嫌いなんぢゃ。他人に気を遣う優しい人が報われる国家を望んでおるんぢゃ。おれの革命は、日本という国のため、七千万の国民のためにやる革命だ。疲れたおれの魂を、おまえが側にいて優しい眼でそっと包んでくれる、それだけでいいんだ、あと四、五年だ、おれと一緒にいてくれ。後生だ、側にいてくれ。一生のお願いだ」

西田は涙をこぼしつづけながら、初子を見つめた。

どれほどの時間が過ぎただろう。かなりたってから、強ばっていた初子の表情が、いつか神田の料理屋で初めて会ったときの、緊張のなかにも心を赦して柔和な艶っぽさを漂わせたものに変わってきていた。西田のひたむきさと心の純粋さが、初子の頑なな心を融かしはじめたようだった。

宮城に参内した秩父宮は、帯剣ベルトを掌にしたままの昭和天皇に尋ねた。

「建白書にお眼通しいただけましたでしょうか?」

先日奏上した西田の建白書のことだった。天皇は黙っていた。黙ったまま宮殿の広間に軍靴の音を響かせてゆっくりとあちこち歩き回った。靴音は苛立ちを伝えていた。

「西田は予備役だったね?」と、天皇は震える声で訊いた。「西田とは、どういう関係になっておるのか?」

「かれとは、陸士時代からの同期の仲間です。士官学校を同期に過ごし、同期に卒業したという、ただそれだけの関係です」

「それだけの関係で、どうしてあのようなものを渡してくるのかね?」

「それは、私を心から慕っているからでございましょう。私は常日頃、国民の信頼と尊敬に恥じない存在でありたいと心懸け、どのような人にも心温かく接しております」

「皇室を守るのはいいが、国家を改造しなければならないと考えておる。西田を指導しておる北一輝とか申すものも、改造を考えておるね?」

「かれは、『日本改造法案大綱』というものを書きました」

「それは先日読んだ」

秩父宮は驚いた。よくぞ読んでくれたと嬉しくなり、感想を聞きたかった。宮内省御用掛として大正時代から天皇への進講を担当してきた憲法学者清水澄(とおる)の定例進講が、つい先日あったばかりだった。その折、昭和天皇はかなり詳しく内容を読みこんでいた。清水澄は第二次大戦後、明治憲法に殉じて自決を遂げる学者である。

「で、どう思われましたか?」と、秩父宮は恐る恐る訊いた。

「危険な著作だ」

秩父宮は絶句し、肩を落とした。この言葉は衝撃だった。ここまで陛下と意見が食いちがうとは、これまで考えてみたこともなかったのだ。

「それは、憲法学者清水澄先生のお考えではないでしょうか?」

「朕じしんの把握しとるところだ。が、意見は一致した。憲法停止、ここがいちばんの問題部分だ」

「いったん停止するだけで、またそっくり発効することになります」

「明治大帝の創製せられたものを、たったの『いったん』であれ停止してしまえば、それは憲法を破壊する行為だ。国体の破壊だ。祖宗の威徳を傷つけ、貶めることになる」

「陛下、おことばですが、これは陛下が国家改造中に、貴族院と衆議院の議会が、憲法を楯にとって大権阻止に動くのを防止するための、予防的処置にすぎません。憲法そのものの否認ではございません」

それだけ言って、秩父宮は黙った。

「次の問題は、クーデターだ」と、天皇は話を進めた。「この間のような問答無用の残忍さは、決して恕することはできない」

「五月の事件には、北や西田はその残忍さから反対しておりました。反対したため、西田は命まで狙われました」

「最近ドイツのヒトラーは、突撃隊と称する暴力分子をはびこらして恐怖政治を広めておるそうぢゃが、それとも似ておる」

言い終わらないうちに、天皇は涙声になった。輔弼者の要である犬養毅首相が殺害され、側近中の側近である内大臣の牧野伸顕邸まで襲われたことは、身を斬られるも同然の衝撃だった。先日、この事件の報告の折り、不覚にも涙を見せてしまい、甘露寺受長（おさなが）侍従に「陛下、ご試練でございますぞ」とたしなめられてしまったことを思い出していた。

「よろしゅうございますか、陛下。片方で下層民が野草を食べ池の水を飲んでいるその一方で、毎晩ビーフステーキを食べフランスの高級ワインを飲んでいる特権階級がいるのです。日本はいま、これほど不平等な国家になってしまったのです。それなのに、これを正せる政治が不在です。陛下はこのような現実になにも感じられないのですか？」

「決して良くはないと思うとる」

「それだけですか？」と、秩父宮は肩を落として言った。「分かりました。陛下は新聞を読むことが許されておりませんが、私にはそれが許されています。新聞を自由に読めますから、陛下以上に下層民の生活の現実の姿が見えているのです」

「大事な世の出来事については、よく聞いて知っておる」

「ことによると、陛下と私のこの食い違いは、文学があるかないかの違いかもしれません。陛下にはもともと文学への傾倒がありません。陛下は小説というものがお嫌いですが、どこがお気に召さないのでしょうか？」

「小説というものは、創作された、架空の話にすぎないからだ。現実の姿を仔細に記録したというものではない」

「やはり」と、舌打ちするように秩父宮は言った。「話にたとえ架空の部分があっても、そのなかに、世の中の人間の真実というものが描かれております。その真実は、現実を観察したとおりにそのまま記録したものではなくても、架空の話ではなく、現実の真の姿を反映したものでございます。陛下は、眼で見て確認できるものしか、真実でないとおっしゃるのでしょうか？」

「自分であれこれ想像はするが、想像したものが真実であるとは思えぬ」

「やはり。眼で見て実際に確認したものしか信じないのですね？」

秩父宮は考えた。事実の記録しか信じないということは、どんな危ういことが起きそうに思われても、起きると確信はできないから、先手を打って予防することはありえない。すべてのことが事後処理されるのを俟つだけになる。また、結果しか見えなければ、心の中の動機への配慮は疎かになるにちがいない。為政の立場から見て、これで善政が為せるものだろうか。秩父宮は、自分の飛躍しすぎかと考えながら、がっくりと肩を落とした。が、黙していた。

「それでは、小説で農村が救えるというのかね？　農村を救えるものがあるとすれば、それは政治ではないかね？」

「御意にございます。たしかに政治と文学は違う分野のものですが、どちらも、それぞれの力で現実に働きかけてくるものです」

「政治にないどのような力を、文学はもっておるというのか？」

「人間への慈悲です。慈悲は頑なな人の心を動かし、心を動かされた人によって政治をも動かします。農村の悲惨極まる生活が若い男女の美しい愛を引き裂いてしまう小説があったとします。それを読んで、なんて悲しい話だろう。こんな悲しいことがあっていいのだろうかと、人々が心を痛めれば、こんな悲惨なことは絶対起きないようにしてやろうと、現実の生活で助けの手を差し伸べる人が出てくるのです。このように、文学は心の内面のほうの力でございますが、政治は外からの政策による力でございます。北の改造案もそうですが、西田の建白書も、陛下の御親政によってこの不平等をなくしてほしい、という心からの切望が述べられております。すべての人は平等であるという平等主義、これこそが人間への慈悲であります。政治が不在の只今現在、陛下には政治の実権を握っていただき、陛下の大英断によって、腐敗しきった不平等な政治を、きれいに一掃していただきたいのです。日本国でそれができるのは陛下しかおられません」

「親政については、西園寺や木戸らと議論したことがあるが、近衛が言うには、右翼というのは国体の衣を着けた共産主義者だとのことだ。皇道派や統制派の動きを見ておると、なるほど問答無用だ。スターリンら共産主義者の動きとなんら変らない。これはスターリンが独裁者だからだ。そこでわが国においてだが、朕一人が独裁者になってはならぬ。現にただいま現在、朕は大綱を把持し、大政を総攬しておるのだから、これ以上の親政がどこにあるかね？」

「陸軍にしても海軍にしても、現在の勝手放題はなにごとですか？　大元帥が黙って居られるのが理解できません。なぜ黙っておられるのですか？　憲法が停止されていないにも拘わらず、祖宗の威徳が毎日傷つけられているのを、陛下はお赦しになっておられるのですか？　陛下が黙っておられたら、この現実のままでよいとお認めになられたことになるのです。これでは立憲君主であられる立場として、《失政》に当るのではないでしょうか？」

「そのようなことは、憲法はなにも語らぬ」

「それなら、陛下ご自身が絶対君主として、昭和維新の大詔を渙発されても、なんの問題も起きません。どうか、絶対君主として、大詔を渙発されてください！　軍部の勝手放題は赦さない、政党は政治をしなさい、財閥は独占を止めなさい、と宣してください」

「朕は独裁者にはならぬ、君臨するだけだ。朕はただいま現在、大綱を把持し、大政を総攬しておるのだ」

ふたりは言い争いに熱中するあまり、侍従武官長の奈良武次が柱の影で聞いているのを知らなかった。

「陛下は佞臣たちの言動に、なにも感じられないのですか?」

「心の内にはいろいろあるが、ここで吐露はしない。君主は、君臨すれども統治せず、であるべきだ」

「陸軍や海軍はもちろんのこと、政党などの政治勢力や財閥の前に君臨されてくだされば、それで問題はなにもないのです。君臨されてください」

「それでは改造によって、いまとどこがどう変わるというのかね?」

「特権階級になっている佞臣たちを排除し、天皇は全国民の総代表として、全国民の前に直接に姿を現され、君臨されるのです。それが改造です」

「それでは朕は、国家の器官として国家の頭首となるのだね?」

「天皇機関説に従えば、機関としての頭首ということになります。それではいけませんか?」

「頭首という器官だというなら、機関説でいいとかねがね考えておった」

「陛下が頭首という器官であれば、体全体に君臨できるのです」

このとき、奈良侍従武官長が咳払いをひとつして姿を見せた。

「陛下、時間がとうに過ぎておりますが……」

「そうか、そうか。分かった、分かった」と、天皇は済まなそうに言った。

秩父宮は恭しく拝礼し、慌てて退出した。

六　隠し部屋の告白

この年、昭和七年の夏は、東北や北海道が雨が多く肌寒い日がつづいたのに、関東地方だけは蒸し暑さで堪えがたい日が多かった。北一輝は、家ではほとんど裸で過ごしたものの、これには堪えられず、すず子を誘って伊香保の別荘へ行くことにした。最近買い換えた《フィアット》の調子をみてみたいという気持もあった。イタリア車の《ビアンキ》は、いちど起こした衝突事故でエンジンが不調になり、部品が手に入らないということで廃車にするしかなかった。フィアットは、複葉戦闘機も生産しながら、「フランスはルノーを持っているが、フィアットはイタリアを持っている」と豪語している会社だけに、はやく長旅を試してみたかったのである。

八月の初め、西田と初子が療養先の湯河原から戻ってくるのを待っていたように、北一輝はすず子に声をかけ、中旬に行かないかと初子や薩摩雄次夫人も誘ってくれと頼んだ。運転手は、いつもの渋川善助だった。

車はいつもの伊香保への道を快調に進んだ。

「湯河原はどがんやった?」と、すず子が訊いた。

「命が延びるような、とても結構な湯加減でした」と、初子は北一輝へのお礼の気持もこめて言った。「皆さまのお蔭で命拾いいたしました。北先生にはなんとお礼申し上げてよいか、言葉もございません。薩摩さんにも名医を紹介していただいて命拾いをしました」

「いや、命拾いしたのは、私かもしれん」と、半袖の灰色の支那服姿の北一輝が言った。

「まあ、とんでもないことを仰られまして」と、初子が制した。

「とにかく、西田君なしの将来なんて、まったく考えられないのだよ」

「義経と弁慶みたいばい」と、すず子が悪戯っぽく言った。「どちらが義経でどちらが弁慶か、さっぱり分からんばってん」

「それは」と、薩摩夫人が口を挟んだ。「西田さんが弁慶で、北さんが義経でしょう?」

北一輝は煙草の煙を吐きながら、大きな声で笑った。

「そいがね」とすず子は言った。「お父さんは、自分が弁慶て思おとっんばい」

「そうなんですか、北さん?　では、西田さんが義経?」

北一輝はなにも言わずに、にたにたしていた。

「この間、先生は」と、半分笑いながら薩摩夫人が言った。「伊達政宗の真似をして、岩田富美夫さんを組み敷いたそうぢゃないですか」

「そいはね。みんなが眼を見て似とっなんて言うから、ちょうっとふざけて真似して見せただけばい。冗談ばい、冗談」

車は快調に走った。ビアンキよりもエンジンの響きが快適な気がした。通りすがりの人が、人それぞれに珍しそうに足を止めて驚きの眼を瞠っているのが北一輝を喜ばせた。

別荘での夕食のおり、口数の少なかった初子が突然泣きだした。そして、テーブルから立ってソファーに駆けより、身を投げるようにそこに伏した。すず子も側へゆき、どうしたのかといろいろ問いただしていると、初子は背凭れに顔を伏せたまま言った。

「わたし、皆さんと楽しい話ができるような、まともな人間ぢゃないんです」

その悲痛な声に、みんな固唾を飲んだ。

「わたし、北先生にだけは告白しないと、これから生きていけないと思っているんです。ここへ来たのもそのためなんです」

「なんだね、いったい?」と、北一輝は訊いた。

初子は顔を伏せたまま、首をよこに振った。すず子たちは鼻白んだ様子で、互いに顔を見合わせた。

「席ば外そうにも、もうこがん夜ばい」と言って、すず子は窓から真っ暗な外を窺った。月はなく、星空がまばゆいほど広がっていた。東京よりはるかに涼しかったが、外に出るのは躊躇われるほど漆黒の闇だった。浦本貫一が金庫のある部屋を勧めたが、初子は首を横に振った。

北一輝はみんなにいったん隣の部屋に移動してもらってから、居間のテーブルを半間ほど暖炉側にずらし、書棚との間に空間をつくった。それから、書棚の端のスイッチを押すと、書棚全体がぎぎぎと軋んだ音をたてて動き出し、床板の上を半円形に動いて止まった。書棚の本は固定されていてかたりとも動かなかったが、人がひとり横向きに通れるくらいの間隙ができた。そして、現れた壁際の電気のスイッチを北一輝は入れた。奥の電灯が点ったようだった。

「さあ、どうぞ」と、北一輝は初子に手招きした。

初子と薩摩夫人は、呆気にとられて棒立ちになっていた。

「さあ、さあ、狭苦しいところですが……」と言いながら、半袖の支那服姿の北一輝が先に入っていった。初子が入るのを待って、北一輝が書棚のスイッチを押すと、書棚全体がぎぎぎと軋んで戻ってきた。

そこは極秘の隠し小部屋だった。三畳ほどの広さはありそうだが、畳はなく板の間で細長かった。椅子が四脚ほど横に並べて置いてあり、奥に置かれた細く背の高い四角の卓袱台には大きな九谷焼の灰皿もあった。それだけだった。

初子は驚いたままに周りを見回したが、四方は土壁だった。

「この部屋でなにを話しても、声が外に洩れることはまったくありません」

そう言って北一輝は椅子に坐ると脚を組み、支那服の喉元を開いた。それから、胸ポケットの煙草をとりだすと火を点けた。エジプトの高価な紙巻煙草フィガロだった。初子はぺこっと頭を下げ、椅子に坐ったが、天井や壁を見回していてなかなか話し出しそうになかった。北一輝が催促の咳払いをすると、やっと話し出した。

「……わたしって、罪深い妻なんです。冷酷非情な妻なんです……。懺悔させてください」

返事の代わりのように煙草の煙が吐き出された。

「……西田が病院で危篤状態のとき、わたし、このまま死んでくれたら、どれだけ静かな生活が過ごせることか、って思ってしまったんです」と言って、初子は肩を震わせてひとしきり泣きじゃくった。「自分には革命なんか要らないんです。革命と関係なしに生きる人は、世間にいっぱいいいますもの」

北一輝はなにも言わず、煙草を吸いつづけた。部屋のなかが曇りはじめていた。それから北一輝は咳払いをした。

「支那にいたころ、おっかちゃんも同じような場面に逢いましたが」と、北一輝はすず子のことを語り始めた。「わしが人柱になると言うものだから、血で血を洗うこの時代、まだまだ人柱の必要な時代だと思いこんで、どうせなら、どんな人柱になるか見届けてくれんと、覚悟を決めていたようなんです。言ってみれば、わしがどうなるか、興味津々だったんです」

「すず子さんだから、そこまで達観できるんです」と、初子は首を横に振りながら言った。「すず子さんが笠木さんの奥さんにしてさしあげたようなこと、わたしにはとてもできないんです。意気地なしなんです」

すず子は、笠木良明夫人が喉頭結核で苦しんでいたとき、幾晩も病人と枕を並べて寝て背中を摩ってやっていたが、亡くなったときも、可哀想だといって一晩、遺体と添い寝をしてやったことがあった。この結核はとりわけ伝染力が強いと言われているのに、こんなことができる天晴さにはとてもかなわない、と初子は思っていたのだろう。

「人間という生き物は」と、北一輝は言った。「頭のなかでは、神のような聖人にもなれれば、冷酷非情な悪鬼にもなれるのです。だれでもそうです。それで普通なんです。それだけのことです。それに初子さんの話は、わたしが浜口首相を殺そうと思い詰めたのとは大違いなんだ」

「えっ！」と、初子は大きな声をあげ、怯えたような眼で北一輝を見つめた。

「いえ、やったのは別の人です。やらなければと、思いつめてはいたんです。初子さん、浜口首相が命を狙われるのは、国家のためなんです、国益を守ることなんです。しかし、西田君はほんものの革命家だから、命が奪われたら新しい国家は生まれないんです。それほど重要な人物なんです」

「それでは、今度のようなことが、またあるということですか？」と、初子は戦いたような表情で顔をしかめた。「この間も、長勇少佐が酔っ払って家へ来て、短刀を抜いてあの人に襲いかかったんです。背後から私が羽交い締めにして、なんとか無事でしたが」

「そうでしたか……。初子さん、陸軍の若手幕僚が計画した十月事件というクーデター計画があったんです。長勇少佐は警視総監、大川周明が大蔵大臣、荒木貞夫中将が首相兼陸相になる予定でした。これには、日頃の立場上、西田君とその配下の将校たちも参加を表明しておったんです。ところが、計画が漏洩し、幕僚たちは軍当局に捕まったんです。すると、その計画を外部に漏らしたのは西田だというデマを、計画の発案者である大川周明が流したんです。ところが、事実を明かせば、その計画で命を狙っていた若槻内閣や西園寺公望、牧野伸顕らが陛下の背後に隠れてしまったら、陛下に銃口は向けられず、かならず失敗に終わるから中止するようにと、私がじかに陸軍参謀本部の建川美次中将を訪問して進言したんです。建川中将は西田君の元上官ですから、私の話をすぐ理解してくれ、中止になったんです。また、私の知り合いの民政党の中野正剛君に連絡して、南次郎陸相や安達謙蔵内相に内密にしてくれるよう依頼しました。また、私が野党の政友会の久原房之助や森恪に会って、民政党内閣打倒は止めろと忠告したのです。ですから、西田君はまったく無関係なんです。ところが、西田だ、西田だ、と言い張るものですから、それでは正々堂々と決着を付けてやろうじゃないかと、西田君は若気の至りで、大川派の青年将校連中の設定した決着の場に乗りこもうとしたんです。将校たちは、銃を懐に忍ばせ軍刀をぶらつかせて、はやく西田の血が見たいものだと、ハイエナさながらに偕行社で待っていたんだ。『飛んで火にいる夏の虫だ』と、私が怒鳴って制止したんです」

「まぁ、そうだったんですか……」

初子は礼を言うように頭を深々と下げ、感極まったように肩を震わせて泣きだした。北一輝は支那服のポケットからハンカチを取りだし、初子に渡した。

「計画の漏洩ということで言えば、全責任は私にある。だが、『西田はやっぱり臆病者だ、卑怯者だ』ということになり、革命なんか屁のカッパの『革命ブローカー』にさせられたというわけなんですよ。これには、西田君への嫉妬があるんです。西田君は秩父宮と昵懇にしておるが、秩父宮は日本の将来を危ぶんで、国家としてどうあるべきか、皇室の位置がどうあるべきか、一家言もっておられる宮様です。みんな、そんな秩父宮が親しくされておる西田君を妬んでおるんです。羨ましくてならないんです。とにかく、今の日本には、政治というものがまったく無いんです。政治がないから、みんな勝手放題をやるんです。勝手放題が政治だと思っているんです。こんな連中が『人を殺せば革命だ』、『人を殺せば改造だ』と騒いでおるんです。こんな狂犬病のような連中の言い分に耳をかしてはいけない。まさに、盛り猫に論語の講義はできんのです。私や西田君が目指しているのは、みんなが自由で平等になる革命なんです。下士官兵に向かって『おまえらなんか、一銭五厘でいくらでも集められるんだ』とうそぶくエリート意識だけの将校とは、訳が違うんです。ひとくくりに青年将校と言うからいけないんです。ピンからキリまでいるんです。だから、私だって西田君だって、かれらに命を狙われる可能性はいつもある。だが、大丈夫。私が体を張って命を懸けて守り通します。西田君は日本で最も大切な人間なんです」

「それほどまでに……」と言ったまま、初子はハンカチを顔に押しつけてふたたび泣きじゃくった。

「若殿たちの日頃接している部下の兵員となると、たいていが、地方の農家の次男三男ですから、貧困にあえぐ農村の苦悩を内に秘めておるんです。東北の兵卒らとの面接で家族の話が出ると、『じつは、姉はいま娼婦になっておるんです』と、涙ながらの話が多いそうです。こんな苦悩に耐えに耐えておる東北の兵卒らですから、人に可能な極限までの忍耐はするものの、耐えられずにいったん暴発してしまったら、野牛の暴れるように暴れまくり、軍隊の訓練どころの話ではなくなるそうです。若殿たちは、こんな若者と直に接しておるから、東北の残酷な悲惨にまったく手を差し伸べていない政治に、心から憤っておるんです。貧農を救えと言いながら、大地主から金を援助して貰っておるから、大地主から農地を解放する政治などやれるわけがない。

それでも、永田鉄山を頭目とする統制派と呼ばれる勢力は、掌握した政権の力で、天皇は偉いところに祭り上げて黙らせ、国民経済を統制し、財閥と手を組んで海外侵略を狙っておるから、海外侵略に反対の青年将校たちの革新運動が邪魔になってきたんです。国家改造も、天皇にお出ましいただき、広い視野から、天皇帰一による衆生済度の慈愛の政治を、お願いしようとしておるのです。若殿たちは、心から天皇に恋闕（れんけつ）しておりますからね」

「れんけつ?」

「皇室を恋い慕うということです。天皇への絶対的な信仰があるのです。天皇親率の軍隊に属しておるから、天皇の神聖な心と、いつもその大御心を忖度して行動する自分たちは一体であり正しいという、いわば信仰といえば信仰なんです。若殿たちは、天皇とその神聖な心を恋い慕っておるのです」

初子の涙が収まるのを待って、北一輝は書棚の扉を開けてみんなの待っている居間に出てきた。

「やあ、時間をとってしまった。申し訳ない。わしはこれからお勤めをはじめるが、みなさんはどうするね?」

「うち」と、すず子が言った。「もう、ぶどう酒いただだいとっけん」

「わたしも遠慮なくいただだいています」と、薩摩夫人は言った。

「初子さんもそいでよかたい?」と、すず子が訊いた。

初子は頷いた。運転手の渋川は、八海山の瓶を持ち上げて見せた。

誦経を終えて戻ってみると、浦本が佐渡おけさを唄っていた。みんなの手拍子に浦本夫人の手拍子も加わって、浦本は満足げだった。

「ぢゃあ、こんどは北先生、お願いします」と、渋川が言った。

「渋川の会津磐梯山は、もう終わったのかね?」と、北一輝が訊いた。

「さっき終わりました。磐梯山ぢゃなく、都々逸でしたが。末松が満州から凱旋したときのために、苦労して練習しているところなんです」

渋川はさきほど、「あいたさこらえて末まつからにゃ、どんな苦労もいとやせぬ」と唸ったばかりだった。いま満州で敵と戦っている末松太平に、はやく会いたいという真情が込められていた。

「それでは」と言って、北一輝は磯節を唄いだした。周りは手拍子を打った。

〜沖の瀬の瀬の瀬で打つ浪は　みんなあなたの度胸さだめヨイ
〜沖の鴎に潮どき聞けば　わたしゃ立つ鳥浪に聞けヨイ
〜舟は千来る万来るなかで　わしの待つ舟まだ来ないヨイ
三節ほど唄って終わりだった。

「あっ、分かった」と、初子が大きな声をあげた。

「なーに?」と、異口同音にみんなが言った。

「なにが分かったの？」と、薩摩夫人が訊いた。

「北先生の乗られる舟……」と言いかけて、初子は黙った。

「舟？」と、みんなは口ごもりながら顔を見合わせた。


昭和七年（一九三二年）九月九日、犬養首相の後継・斉藤実内閣は、満州国の承認に踏み切った。

翌八年が明けて二月、国際連盟は日本の満州撤兵勧告案を議決した。日本は受諾できないとし、松岡洋右代表は連盟脱退を通告し、国際連盟総会の議場から退場した。六月二十八日の北一輝の神仏言では、「我ハ一人ノ翁ナリ、日ノ本ハ文武両道ヲ備へ、道切リ開ケ」と告げられた。翁とは能舞台の鏡の間で出番を待っている翁である。鏡の間まで来ているということは、出番はもうすぐなのである。「自分の出番はまだだが、もうすぐだ」という認識であろう。また、これからの日本は、和戦両様の姿勢を堅持して外交に臨め、という意味であろう。

北一輝は、いよいよ情勢が自分の出番を待っていると感じはじめていたが、宮城占拠の目途はまだ立っていなかった。その目途が立たずに、自分だけで前進するわけにはいかなかった。

五・一五事件の裁判は続いていたが、十一月に判決が下り、死刑はなく、軍法会議では古賀清志の禁錮一五年が、東京地方裁判所では愛郷塾頭の橘孝三郎の無期懲役が、それぞれ最高刑だった。減刑の嘆願署名が効いたようだった。

そして十二月二十三日、昭和天皇に第一親王が誕生した。街ではサイレンがいくつも鳴らされて、これを祝した。貴族院議長の近衛文麿が、内密に平泉澄に執筆してもらったお祝いのことばをラヂオ放送で読みあげた。

御七夜の二十九日、称号は継宮(つぐのみや)で明仁(あきひと)と命名された。待ちに待った親王の誕生には、日本国中が喜びに湧いた。

昭和九年の新年は、第一親王誕生の喜びに包まれて明るく明けた。

このときの恩赦で、死刑が確定していた佐郷屋留雄も二月に無期に減刑され、北一輝やすず子は胸を撫で下ろした。


四月初め、末松太平が満州から凱旋して青森に戻ってきた。満州での歩兵砲隊長は機関銃隊付将校に昇進していた。末松はさっそく上京し、渋川善助を伴って西田宅を訪ね、栗原や磯部を呼んだ。その場で末松は、新京で会った菅波三郎が北一輝の『改造法案』を金科玉条にはできないと語っていた話を持ち出した。が、だれも沈黙したままだった。そこで末松がさらに問い詰めると、西田一人が「金科玉条だ」と言った。そういう事態になっているのかと思いながら、末松は西田宅から渋川善助が起居している小石川の水道端の直心道場へ行き、『改造法案』についてさらにあれこれ話した。「これは結局のところ天皇機関説なんだ」と渋川は言った。つまり、金科玉条にはできない、と。

七月三日、斎藤実内閣が帝人事件によって総辞職し、八日に岡田啓介内閣が成立した。岡田は、ロンドン海軍軍縮条約の折、軍事参議官として批准に尽力した経緯から、昭和天皇の信認が厚かった。「岡田なら、自分も最も安心できる」と喜んだ。この二つの内閣で蔵相をつとめた高橋是清は、軍事費を増やす一方で農村の窮乏対策にも力を費やした。大規模な農村の土木工事費によって農民の現金収入を増大させ、「バターも大砲も」と言われた政策である。

この夏も、東北地方の冷害は悲惨を極めた。稲作も例年の二、三割ならまだましな方で、収穫皆無という農家も続出した。岩手県では、七割の農家が餓死寸前という状態だった。一方、九州地方は雨が降らず、干害に苦しめられた。

陸軍省がパンフレット《国防の本義とその強化の提唱》を頒布したのは、十月一日だった。「たゝかひは創造の父、文化の母である」で始まるこのパンフレットは、将来の総力戦にむけ、国民を物的に豊かにしないといけないが、陸海軍だけによる戦争指導ではそれはなしえず、政治と経済との全面的協力結合が必要であり、そのために、個人の思想統制を強化し、社会主義的な集団的統制経済による国民全体の福祉増進が必要だと提唱していた。報道・言論を国家的に統制し、それによって個人の自己滅却精神を涵養し、強制的に同質化させ、その見返りに全国民への福祉を実現させる。これがいわば軍部による《全体最適解》であり、統制派の池田純久少佐の起草したものに、皇道派に理解のある満井左吉中佐が補筆しており、暗に北一輝の『改造法案』への対向意識が滲んでいた。クーデターではなく合法的に権力を奪取したい、という野望の表明でもあった。

村中孝次や安藤輝三は反発を強めた。これは天皇親政を軽んじる天皇機関説の立場から発想された政策で、ドイツのナチ党やイタリアのファッショ党と同じ臭いがすると批判した。政友会、民政党も反対を唱え、言論界にも概して不評だった。しかし、農村の窮状に心を痛めていた陸軍参謀本部にいた秩父宮は、農村問題に国家的に応えようとしている趣旨に賛意を表した。

昭和十年（一九三五年）の三月初め、西田は大久保百人町の北一輝邸の二階の窓から、膨らみ始めた桜の蕾を眺めていた。どうしても昔の広大な山本邸と比べてしまうが、この邸宅は、孫文を生涯支援しつづけ昨年他界した梅屋庄吉の夫人から借り受けている家屋だけに、風格があった。

西田は北一輝の帰りを待っていたのだが、いっこうに帰ってこない。ゴールデン・バットの吸い殻は、すでに山になっている。大蔵栄一が話してくれた、陸軍秋季特別大演習が終わった後の大宴会の話を思い出しているうちに、時間は過ぎていった。

演習は東軍と西軍対抗で行われ、東軍の司令官は荒木貞夫大将、参謀長は小畑敏四郎中将だった、という。演習が終わると、天皇陛下を迎えての大宴会が、桐生小学校の校庭で行われた。天皇が会場に現れると、会場は水を打ったように静まりかえり、参列者は全員が最敬礼で迎えた。宴会はつつがなく進んだが、終わりに近づいたころ、会場に囁きが走った。桐生警察署の所長が割腹自殺を遂げたというのである。天皇陛下が休憩所から宴会場にお出ましになる時、この所長が先導していたのだが、緊張のあまり道順を間違えてまごついてしまった、その責任を取ったというのだった。

「西田」と、大蔵は悲痛な表情で言った。「わしは、どうにも割り切れないのだ。人間だれしも間違うことはある。その間違いで大怪我にでもなるような被害に合うこともある。そんな被害の責任なら、まだ分らぬでもない。しかし、これは案内の道順を間違えたというだけの話で、天皇だって回り道をしただけの話じゃないか。これが被害と言えるか？　そんなことで切腹するか？　本人がやろうとしても、だれもそれを止めないのか？　天皇は切腹するなんて知らなかったにちがいない。知っていたら、止められたはずだ。こんなことが、日常平然と行われ、周りが平然と受け入れる。こんな国は、まったく気が狂っておる。世界広しと言えども、おそらくどこにもないぞ。日本国は精神を病んでおる。そう、思わんか？」

西田は頷きながら応えた。

「それがいま国会で問題の国体明徴だろう。天皇を絶対君主に祭り上げる策略だ。祭り上げた絶対君主を自分らで操って、自分らがほんとうの絶対者になろうという魂胆だ」

「絶対君主というのは」と、大蔵は言った。「天皇が自分の意志でそう振る舞うのならともかく、周りがそう振る舞わせておるだけなのだぞ。宴会場での水を打ったような沈黙もそうだ。沈黙による威圧、そこへ誘導しようと演出しておるやつらがおる。ロシアを壊滅する演習で、とてもうまくできたのだ。それが嬉しくてみんな自慢だったのだ。われわれは万雷の拍手と、天に轟かんばかりの万歳の声で天皇をお迎えしたかったのだ。これはどこか間違っておる。自分の好き勝手をやらんがために、天皇を雲の上に祭り上げておるだけなのだ。これは妖雲だ。

まさに、この妖雲をこそ切り開いて、一日も早く真の日本の姿を現出しなければならない。その暁にこそ、われわれは天皇に二重橋にお出で頂いて、国民といっしょに天皇を胴上げしようではないか！」

西田は大蔵の話を思い出すと、自然に噴き出していた。「天皇を胴上げしよう」という発想が、いかにも大蔵らしく、その気持がよく伝わってきたのだ。

三月下旬のある日、陸軍参謀本部の秩父宮は黒の背広姿で、軍服姿の安藤輝三大尉に先導されて大久保百人町の北一輝邸の門をくぐった。

「おっ、これは見事だねぇ」と、秩父宮は庭先で足を止め、桜を見上げた。

八方に枝を伸ばした染井吉野が満開に近かった。玄関先まで迎えに出ていた北一輝が、すず子といっしょに深々と頭を垂れた。北一輝は支那服ではなく、黒い背広を着込んでネクタイを締めていた。北一輝と並んで西田税がいたが、背後に小泉策太郎の秘書をしている原田政治がいた。原田はそれが秩父宮と分かったらしく、声をひそめて背後から北一輝に声をかけた。

「今日は、だれか皇族方の結婚式なんですか？」

北一輝はそれをまったく無視し、秩父宮に家に入るよう仕種で案内した。玄関先で立ち止まった西田も、秩父宮に上がるよう手招きした。殿下はそれではと頷いて、靴を脱いだ。

「益休（ますきゅう）、急ぐのか？」と、北一輝が振り返りもせずに小声で訊いた。

原田は秩父宮が西田とともに奥座敷に消えてゆくのに呆気にとられ、北一輝には返事を返さなかった。安藤輝三もつづいて座敷に消えたので、原田も上がり込んで居間のソファーに腰を下ろした。

「急用か?」と、苛立ちを隠そうともせずに北一輝が訊いた。

それでも原田は黙っていた。

「ちょっとご挨拶していけ!　挨拶してうなぎ食べて、今日は帰ってくれ。話があるんなら、明日にしてくれ」

北一輝はそう言うと、奥座敷に入っていった。原田もそれにつづいた。

奥座敷には、床の間を背にして秩父宮が坐り、その横の庭寄りに安藤輝三が坐っていたが、ふたりとも眼鏡をかけているので、どことなく兄弟のような印象だった。原田の姿を認めると安藤は、眼鏡の奥からじろりと警戒の眼で原田を睨んだ。原田は頭を垂れて挨拶し、横を向いて西田にもぺこりとした。

「これは」と、北一輝が紹介を始めた。「原田というもので、私が信頼を置いている青年です。一名、益休と申します。非常に口の堅い信頼できる男です」

「ますきゅう?　原田ますきゅう?」と、秩父宮は名前の珍しさに驚いたようすで訊いた。

「いえ、本名は原田政治です」と原田は言った。「益休というのは北先生の付けた綽名でして、どういう人物かなにも知らないんですが、もともとは益満休之助という人だそうです」

「ああ、それなら」と、秩父宮は膝を叩いて言った。「江戸城明け渡しのおり、山岡鉄舟を動かした薩摩藩士であろう。西郷南洲の部下で、西郷の密命で江戸の薩摩藩邸を焼討ちした人物です。これを契機にいろんな事件を誘発し、ついに明治大帝がお出ましになられることに繋がったのです。だから、明治維新の影の功労者と言えなくもないのです」

原田は驚いて眼を白黒させたが、まんざらでもない顔付きで頷いた。

このとき、すず子が小笠原流礼法の畏まった姿勢でうなぎ丼の乗った膳を恭しく差し上げて座敷に入ってきたので、みんな黙った。同じように女中も畏まって後につづいた。五つ運ばれるのを待って、北一輝が「どうぞ、お召し上がりください」と声をかけた。みんな下を向いて膳に手を伸ばした。秩父宮が山椒の袋を切るのにだいぶ手間取ったため、北一輝ははらはらしながらそれを見守った。全体にくまなく振りかけ終えると、秩父宮は大口に鰻を頬張った。

「このうなぎ丼、とても美味しいですねぇ」と、秩父宮は言った。「北先生、店は近いんですか？」

「はぁーっ、殿下！」と、北一輝は丼の蓋を手にしたまま身を縮めた。「殿下、先生はよしてください！　北と申してください！」

「まぁ、まぁ」と、秩父宮は微笑みながら制した。「これはほんとに美味しいですよ」

このとき、原田がすっくと立ち上がった。

「あの、殿下」と、原田は言った。「これで失礼します」

急いで口へ掻き込んでしまったのだろう、まだ口を動かしたまま原田はすたすたと玄関口に向かった。

「えっ、もう、益休さん、お帰りですか？」

原田が姿を消すと、秩父宮は愉快そうに笑った。安藤輝三も安堵した表情になり、掌で口元を隠しながら笑った。

みんなが食べ終えるとお茶が運ばれてきた。

「さっそくだが」と、秩父宮が切りだした。「時間が限られているので、訊いておきたいことだけ、先に片づけましょう。私がなによりも訊きたいのは、『改造法案』のなかの《国民の天皇》という部分です。これは、国民の下に天皇が置かれるという、いわば、国民主権という考えではないんですか？」

北一輝は畳の上で身構え、ぐっと発言は呑みこんだ。意気込んですぐに返事を返さないほうが得策だろう、と思った。安藤、西田も身構えた。

「さようではございません」と、安藤は眼鏡を持ち上げてから身を正し、やや畏まって言った。「赤子としての国民にとって、その父母であられる尊皇（すめらみこと）ということであります」

秩父宮は安藤の方を窺い、微笑みながら上機嫌で頷いた。軍隊のなかで日頃安藤の仕事ぶりを見ているだけに、深い信頼感からくる情愛が感じられたし、昨年の八月に大尉に昇進し、この一月に通称「殿下中隊」と呼ばれる第一師団歩兵第三連隊第六中隊の、隊長になっていることが誇らしげでもあった。

「赤子である国民は」と、西田も身を乗り出して言った。「天皇陛下と直結した存在であることを、《国民の天皇》と表現しております。《特権階級の天皇》ではなく、《国民の天皇》ということです。現在のように、天皇と国民の間に、さまざまな中間の役人を介在させないで、赤子は全身全霊をもって直接的に天皇に接し天皇に尽くし、また、直接的に天皇の恩寵を受ける存在であるという意味であります。これが国民の天皇でございます」

「一言で言いますと」と一瞬ことばを切り、それから北一輝はつづけた。「国民の天皇というのは、天皇帰一ということであります」

「天皇帰一ね。中間のあれこれがないということですね。……なるほど、天皇帰一。よく分かりました」

秩父宮は笑みをたたえ、嬉しそうだった。

「それでは、クーデターという方法だが」と言って、秩父宮は身を乗り出した。「皇軍相撃つという事態にならないかね？　どうかね？」

安藤輝三はいちばん畏れていたことに言及されてしまったと言いたげに、顔をしかめて俯いた。西田は黙っていたが、昂然とした姿勢は崩さなかった。

「クーデターは戒厳令を引き出すための単なる手段にすぎません」と、北一輝が毅然とした姿勢のまま静かに言った。「戒厳令が布かれれば、すべてが天皇帰一に向かいます。天皇帰一ですから、皇軍相撃つ事態は起きませんし、まかり間違っても、至尊陛下の御稜威(みいつ)を汚すようなことはございません」

「クーデターというと、聞き捨てならないように、響きますが」と、西田が慎重にことばを選びながら言った。「天皇大権の発動を言い換えた言葉です。しかもそれは、国民と一体となった発動です。戒厳令のなかで改造内閣を組織し、普通選挙による改造議会も招集するわけですから、一時的な便宜上の文言とご理解いただきたいんです。ですから、皇軍相撃つなどということはまったく論外ですし、強力な同志的結合の下にある武力、その武力の威力をときどき仄めかして見せるだけなんです。無論のことながら、すべて無血なんです」

「軍刀は抜かず、がちゃつかせるだけ、ということですね？」と、秩父宮が念を押した。

「まさにそうなんです」と、わが意を得たりという嬉しそうな表情で西田は応えた。「わたしは、暴力沙汰になることは、それは絶対にあってはならないと考えております。維新成就は、あくまで無血が絶対条件です」

「無血が、絶対条件ですね？」と、秩父宮は念を押した。

「五・一五のように」と、北一輝も力を込めて言った。「軍人が殺戮などをしてはいけないのです。軍人による国民の殺戮などもってのほかです。邪魔者は辞職させれば、それで済むことなんです」

秩父宮はいくども深く頷いてから、嬉しそうな笑顔で言った。

「天皇帰一が、すべてのキイーッ・ポイントというわけだね？」

この駄洒落に北一輝は、やりおるわいと膝を軽く叩いて笑ったが、西田も安藤も固い表情を崩さなかった。秩父宮は腕の時計を覗き込み、慌てて言った。

「もう、こんな時間になっておる」

秩父宮はすっくと立ち上がった。軍服は着ていなかったが、それを着ているような身のこなしだった。殿下がスキーで体を鍛えていることは、西田と安藤以外はだれも知らなかった。

北一輝が昭和六年から日記風に密かに書き留めていた『神仏言集』の昭和十年三月二十四日には、「朝の祈りのとき、不動尊の側に原田の顔現はる。悪には悪の報いあり。正義を救ふは、則我身救はるるなり。是れ、仏法の本義、其の見地にたたしめよ。仙人」とあり、翌二十五日には、「昨日の所、又原田の顔現はる」とある。仙人は常勝の宮本武蔵であり、彼を代言者として神の言葉を記しているのであるが、勝利を得ることが仄めかされている。北一輝にとって、秩父宮との面会は秘中の秘であり、神仏言集に名は書けなかったから、極秘場面に偶然闖入してきた原田で代用したのである。秩父宮が悪魔を下す使者不動尊と同一視され、正義を執行しようとする自分が秩父宮に救われる、すなわち、宮城占拠の折、改造段階で秩父宮の助力を得ることができそうだ、との暗示ではなかろうか。

七月に発表された陸軍の八月定期異動で、陸軍大将・真崎甚三郎は、林銑十郎陸相によって教育総監を罷免された。皇道派の真崎では、軍備拡張は不利だという判断だった。陸軍省軍務局長・永田鉄山の意向を受けた処遇であり、参謀総長の閑院宮載仁親王も更迭に同意、天皇の裁可を受けていた。しかし真崎は、罷免が統帥権干犯にあたるという理由で辞表提出を拒否しつづけた。

この出来事以降、荒木・真崎ら皇道派と、永田鉄山・林陸相ら統制派は、周囲の眼をはばかることなく、相手を敵視した攻撃の言葉を、互いに大っぴらに投げつけ合うようになっていった。国家的な統合政治の失われている国政は、強力な二つの派閥の単なる派閥争いの場に堕していた。

八月、秩父宮殿下も少佐に進級して、参謀本部から青森の弘前歩兵第三十一連隊に大隊長として定期異動した。「親玉はつねに首都付近の軍隊に勤める」という慣習に反し、皇道派に近い言行の多い秩父宮を煙たがって実行された異動であったが、これは皇族を軍部の派閥抗争に巻き込まない配慮ともなった。


この年昭和十年の八月十二日は、最高気温が三十二℃を越える、とても暑い日だった。この日、永田鉄山が相沢三郎によって斬殺されるという事件が起きた。

相沢は直属上官・樋口季一郎の蔭の工作で、台湾の歩兵第一連隊付き台北高商配属将校として転任が決まっており、本人が荷物を発送したばかりだった。相沢は北一輝の心酔者で『改造法案』をバイブルのごとくに吹聴するので、そこに北一輝の民主主義革命の私心を見抜いていた樋口には、どうにも煙たくてならなかったのである。

北一輝が永田鉄山の暗殺を知ったのは、その日の午後三時過ぎだった。都新聞社前で事件を知った薩摩雄次がすぐに電話をくれたのである。それを知るや北一輝はにっこり笑ってすず子に言った。

「今日は特別だ。おっかちゃん、若殿たちに寿司を用意してくれ」

若殿というのは、青年将校たちのことである。北一輝は、朝日平吾の甥で書生をしている辻田虎之助に、若殿たちへの連絡を命じた。

ここ三カ月ほど、北一輝は喪に服していた。五月九日が父の三十三回忌で、すず子には、母のリクに同伴して佐渡の法要に参列してもらったが、六月二十九日には、『丹下左膳』で人気の林不忘が、三十五歳の若さで急死してしまい、それを悼んで精進料理をつづけていたのである。佐渡中学校で英語教師をしていた長谷川淑夫の長子・海太郎は、林不忘、谷譲次、牧逸馬の三つのペンネームで小説を書く文壇の売れっ子だったが、過労で遷延した喘息発作による窒息死だった。

北邸には、西田税、磯部浅一、渋川善助、亀川哲也、薩摩雄次らが、次々と顔を見せた。辻田も同士然として坐っていた。

「昨夜遅く」と西田は言った。「相沢は私のところに泊まりに来たんですよ」

「ぢゃあ、予告していたのか?」と、渋川が訊いた。

「いえ、そのことはおくびにも出さなかった」と、西田は鮪を口へ運んで言った。「ちょうど近くの大蔵が家に寄ったもので、三人で台湾バナナを送ってくれという話や青森にいる末松の話をして、『明日は、偕行社で買い物をして赴任するつもりなんです』と言っていたんです。大蔵が帰った後、床を敷いた相沢のいる六畳間の襖が少し開いていたのでちょっと覗くと、蚊帳のなかで蒲団に胡座をかいて、抜き払った刀身を一心に眺めていたんです。『なにをしているんですか?』と声をかけると、にっこり笑って鞘に納め、おやすみと言って電灯を消してしまったんです」

「そうか」と、烏賊をつまんだ渋川が言った。

「相沢さん、ひょっとして、と一瞬閃きました。それに朝、これから永田に挨拶してくると言って出かけたもので」

「なるほど」と、磯部が鯛をつまんで言った。「それからすぐに新宿ハウスのわしのところへ来たわけか」

「それにしても相沢さん、『年寄りから先ですよ』といつも口癖のように言っていましたが」と、遅れて駆けつけてきた大蔵栄一が言った。「そのとおりにやってしまうんですから、われわれは顔負けですねぇ」

「いや、負けてはおれないですよ」と、渋川は眼を鋭く光らせた。「辻田君、われわれにも、朝日平吾に負けない人物がいることが分かったかい？　ほかにも頼もしいのが次々と控えておるんだからね」

辻田はにやにやしながら、卵焼きを口に運んでいた。

「鋼鉄の頭目が」と言って、北一輝は烏賊を口へ運んだ。「陸海全軍を掌握する、日本のもう一人の天皇になってしまったら、こちらはぐうの音も出なくなるところだった。大川君だって大喜びさ。自分がその位置に就くときに、いちばん邪魔だった鋼鉄の頭目が、あっさり居なくなってくれたんだからね」

「とにかく、永田の国防国家は」と、西田が言った。「ソ連の五カ年計画を参考にしたんだからな。しかし永田らは、それがばれないように、逆に『柳川や小畑は赤の手先だ』と騒ぎまくったってわけよ。秘密裏にドイツの支援を受けたレーニンの、ロシアはドイツに占領されてしまうという宣伝にどうも似ておるな」

総力戦体制実現のために「一身一頭の政治」を目指していた永田鉄山は、政府部内の革新官僚と手を結び、省部の中堅幕僚たちを手中にしていたから、その後援網は広かった。西田が嗅覚鋭く見張っていた後援網《朝飯会》に参加していた人脈には、宮中からは西園寺公望の秘書・原田熊雄男爵、官界からは内務大臣・後藤文夫、政界からは伊沢多喜男、岩倉道倶男爵ら貴族院議員がいた。ゾルゲと手を携えた朝日新聞社の重鎮・尾崎秀実も、この会に参加していた一人である。尾崎は昭和五年に上海で報道仲間としてゾルゲと知り合ってから、その優れた批評力に感服して親しくなっていた。

九月に、林銑十郎は辞任して軍事参議官となり、新しい陸軍大臣に川島義之大将がついた。川島は柳川平助中将を台湾へ転出させ、その後任に堀丈夫中将を据え、東京警備司令官に香椎浩平中将を、軍務局軍事課長に村上啓作大佐をつけた。いずれも皇道派であった。

蓑田胸喜らの原理日本社は、二年前から美濃部達吉の天皇機関説を攻撃しつづけていた。美濃部は、機関説のほうが「君臨すれども統治せず」を実現できて皇室の永続につながると考えていたのだが、攻撃はしだいに激しさを増し、昭和十年二月に議会で原理日本社と関係の深い菊池武夫男爵に指弾され、政友会の山本悌二郎らからも援護射撃されると、三月に衆議院で「天皇機関説は国体にたいする緩慢なる謀反である」として《国体明徴決議案》が可決されていた。それを下敷きにこの八月三日、政府は次のような要旨の声明書を発表していた。

——わが国体は、天孫降臨のさい下賜された御神勅で示されたとおり、万世一系の天皇が統治され、皇位の隆盛なことは、まさに天壌無窮である。すなわち、大日本帝国統治の大権は厳として天皇に存することは明らかである。もし統治権が天皇に存せず、天皇はこれを行使するための機関であると考えるごときは、万邦無比なるわが国体の本義を誤るものである。……政府はいよいよ国体の明徴に力を効(いた)し、その精華を発揚したい。——

軍部が表明したのは、天皇の直接統率下にある陸軍と海軍は、文官や政党の干渉の圏外にあり、軍部による政治の一元的支配体制が確立したという宣言であった。それはまた、天皇帰一が軍部の意向の下に置かれたことも暗示していた。結果的には、皇道派先導の国家改造に合法的に「待った」をかける力にもなれば、北一輝の「方法としての天皇帰一」もお株を奪われてしまうことにもなった。応接間の長椅子に支那服姿で座禅するように座って新聞を読んでいた北一輝は、「しまった」と叫んで新聞を投げ捨てた。

統帥権を持っている天皇は、黙してなにも語らなかった。声明書で統治の大権が天皇にありと書かれている以上、なにも語りようがなかった。

美濃部達吉が貴族院に辞表を提出したのは、九月十八日だった。東京帝国大学にも辞表を出した。美濃部の師であり同じ学説とみられた枢密院議長・一木喜徳郎や法制局長官・金森徳次郎らは、「学匪」とか「国賊」という汚名を着せられ引退させられた。美濃部は不敬罪で召喚されたが起訴猶予となった。

政府も国体明徴決議にもとづき、翌昭和十一年の二・二六事件から三カ月後の五月、外交文書上の天皇の公式称号を「大日本国皇帝」から「大日本国天皇」に変更した。皇帝も天皇も「エンペラー」であるが、皇帝という称号はエンペラーとしてどこの国でも通じるのに対し、天皇は日本だけの万国無比の称号だったのである。ここで日本は、世界の国々と普遍的価値を共有する道に、自ら別れを告げたのだった。

ドイツの新聞社、フランクフルター・ツァイトゥングの特派員として、昭和八年九月から来日していたドイツ人リヒャルト・ゾルゲは、ドイツの駐日大使オイゲン・オットの私設情報官を務めながら、新聞記者として、また社会評論家として、視野が広く、分析力の鋭い仕事をしていた。影ではコミンテルンのスパイとしても暗躍していたのだが、ゾルゲは日本の政治を観察しながら、昭和十年時点での問題点について次のように指摘した。

「この重大な情勢下で、日本には政治の指導者がいない。すでに多年来、政府は軍部と官僚と財界と政党の諸勢力のまぜものにすぎない。以前は強力であった政党も、汚職と内部派閥の闘争のため、政治的にはまったく退化し、国民の大多数から軽蔑されている」

ゾルゲはその後、対外政策や国防政策に、内閣や国会は関与できないという日本の政治制度に驚き、関連文献を洗いざらい渉猟してみた。そして、日本には国家政策を策定する《最高決定機関》が存在しないという事実に辿りついたのだった。これは明治時代にすでに北一輝が下していた結論である。ゾルゲは学んだ。日本の憲法の規定では、天皇制は絶対君主制に似ているが、国家の政治的日常生活に主権者としての天皇自らが介入することを禁じており、天皇の名の下に政治の諸任務を担う受任機関が必要になり、内閣、軍首脳、枢密院、元老、内大臣がその役割を担っている。日本国家の最高決定機関と位置付けられるものに御前会議があるが、これは日本民族の存亡が問われる危機的非常時の特例であって、明治維新以来六回しか開かれていない。最高決定機関の不在が日本の政治のアキレス腱だ、とゾルゲは睨んだ。政治に関わることを禁じられてきた軍部が、五・一五事件や満州事変を経て、国体明徴によって国家を一元的に政治支配しようとしているいま、自分の秘密の仕事を完遂する上で何が決定的に重要であるかが、ゾルゲにはありありと見えてきた。近衛文麿の《昭和研究会》や永田鉄山の《朝飯会》にも顔を連ねている朝日新聞社の重鎮・尾崎秀実らを通じて軍部立案の対ソ戦略を入手できれば、政府や国会や天皇によって変更・修正されることはなく、そのまま最終結論と断じても誤りはない、という判断だった。

　その後の現実の推移には、どのような判断も不要だった。日本の軍部が資源を求めて南方へ向かうという大方針は、御前会議で「帝国国策遂行要領」として決定され、ゾルゲはそれをそっくり入手することができたからである。

七　宮城占拠交渉

昭和十年の九月中旬、伊香保一帯はいつもは紅葉に向かって秋を深めつつある時節なのに、冷夏だったため紅葉にはまだまだ早かった。十六日、夕闇の迫りつつある別荘に到着した北一輝の《フィアット》から、二人の職人が降り立った。ひとりは左官であり、もうひとりは大工だった。運転手は渋川から年輩の別人に替わっていた。二人は別荘の秘密の部屋に案内された。

「歩一の空気は、快適そうだね?」

北一輝が左官姿の栗原安秀に声をかけると、栗原は恥じらうように頷いた。この三月に栗原は、千葉の戦車第二連隊から六本木の第一師団歩兵第一連隊に移ってきていた。また大工姿の村中孝次は、磯部浅一とともに、この八月に陸軍統制派の罠にはまって軍籍を剥奪されていたが、いまも青年将校たちの同志であることに変わりはないように窺えた。

「断っておくが、私は若殿たちを指導するつもりなど毛頭ない」と、北一輝は切りだした。「ましてや、したいとも考えない。そもそもその立場にないことは、重々承知しておるつもりだ。今日わざわざ来てもらったのは、目標のなかに、伊沢多喜男、後藤文夫、池田成彬らの名が上がっているように漏れ聞いたが、重臣ブロックの最重要人物の方が先ではないのか、と思ったものでね」

栗原は深く頷いて言った。

「もちろん、君側の奸として、まずは重臣ブロックです。二番手の君側の奸のリストとなると、決まるのは来年かもしれません」

「池田成彬といえば、三井の番頭さんぢゃないか。こんな小者が目標では、偉大なる義挙の名を汚すことになってしまうだろう。伊沢多喜男がいかに反政友会派で現状維持派だとはいえ、反動というほどの力はない。後藤文夫などは二流、三流の人物ではないか。みんな、斎藤実や牧野伸顕、三井や三菱などの大木に寄生して生きておるだけの寄生木ではないか。大木が倒れれば、みんなひとりでにくたばってゆく存在だ。ね、君、そうでしょう？」

栗原と村中は互いに眉間に皺を寄せ、顔を見合わせた。北一輝にとって池田成彬だけは、どんなことがあっても攻撃対象から外してもらわなければならない人物だった。

「だがこれは、指導でもなければ要望でもない、単なる参考意見だ。自分たちの方寸で決めればいいことだ」

栗原も村中も深く頷いた。

「正直のところ、決起も含めて、すべてがまだ吟味中の状況なんです」と、栗原は頭を掻きながら言った。「財閥は独占資本主義の総元締めですから、もちろん放っておくわけにはいかないですが、兵馬の大権干犯の元凶である重臣ブロックの後の、第二弾と考えているのです」

「重臣ブロックとは言っても、西園寺公望には、新しい内閣の組閣で大事な役割があるのではないかね?」と、北一輝は訊いた。

「組閣なんて、まだまだ……」と、栗原は言い淀んだ。「まだ、決起する・しないの段階ですから」

北一輝はエジプト製のフィガロに火を点けた。煙は煙幕のように吐き出され、威嚇的に渦巻いた。北一輝はすぐまた喫って、吐いた。

「西園寺については、ちょっと許しがたいことがあるのです」と、村中が言った。「陛下が首相との会議を下問したおり、西園寺が反対したと聞き及んでおります。陛下がやりたいと申されているのに、それを無視して反対するのです。これこそ、畏れ多くも陛下への反逆以外のなにものでもありません。こんなことは、絶対許されてはなりません」

北一輝は煙草を喫いつづけていたが、やがて言った。

「西園寺は老害をまき散らしておるが、たったひとりの元老となったいま、天皇の信任は、とにかく絶大なものだ。天皇は四面楚歌で孤立しておるから、頼れるのは西園寺しかいない。それに木戸幸一が西園寺に厚く信頼されているから、木戸への信任も厚い。天皇は慣習によって、組閣の首班指名を西園寺に頼っておるのだ。だから、西園寺が倒れたら、首班指名する者がいなくなる。天皇は頼れる人がいない。裸の王様だ。軍部の統制派が口を挟むのはこの時だ」

しばらく二人が困惑しているような沈黙があった。が、北一輝はつづけた。

「とにかく、若殿たちは迅速に短時間で効率よく動くべきだ。ほんとうの悪人だけに限ることだ。罪のない人をやたらに殺ってはいけない。ただ、天皇は立憲君主をもって任じており、議会も重視する。だから、若殿たちが決起しても、直ちに昭和維新の大詔を渙発されるかどうか……?」

二人は不安げに顔を見合わせた。村中は不満げに口を尖らせて言った。

「現内閣が倒れ、重臣ブロックがいなくなれば、陛下はだれにも邪魔されないでお考えの通りにご意志を表明できますから、昭和維新の大権を渙発されるはずです。尊皇絶対にもどれば、国民絶対と一体にもなれますから、そこで生まれた政府は、まずは財閥解体から始まり、慈悲深い政策がどんどん打てるようになるはずです。まずはなによりも尊皇絶対です。それには、まずなによりも、妖雲を斬り裂くことなんです」

北一輝はフィガロを喫い、腕を組んで一息入れた。

「それでは、これはひとつの叩き台と考えてほしいのだが、きみたちが決起した折、宮城を封鎖することは考えていないのかね?」

「宮城を占拠しろと言われるのですか?」

「宮城占拠というと言葉は悪いが、統制派を閉め出すために、諸門を封鎖するというだけのことだ。どのような勢力の圧力も受けず、陛下ご自身のご意志を表明していただくためだ」

「私たちが宮城を占拠すれば、その事態がすでに皇道派の勢力下にあるということになりますよね?」と、村中がすかさず言った。「それが至尊強要ですよ。われわれはあくまでも一死挺身の犠牲を覚悟した同志にすぎません。もしも、大御心のご発動があれば、維新がやっと見られるということなのです」

「義挙を認めてくださるのは、大御心以外ないのです」と、栗原は自分に言い聞かせるように悄げた口調で言った。「大権私議は許されません」

「大御心に待つ」と、少年のような童顔を怒らせ、ドスの利いた鋭い声で村中が強調した。「大御心だけは絶対にはずせないのです。昭和維新の断行などと、臣下は口にしてはいけないのです」

「それでは訊くが、この義挙は、大御心の勅命に発するものかね?」

「えっ? それは……」

二人は唖然として顔を見合わせた。村中の固く結んだ唇が震えはじめた。栗原は唇を噛み、急に警戒的になった眼で北一輝を睨んだ。

「大御心を忖度しておるわけだね? 日本では、どの部署も忖度忖度で動くが、もっと大所高所の判断が必要だ」

「大御心は大御心です!」と、村中が吐き捨てるように言った。「大御心こそ、まさに大所高所のご判断そのものです」

栗原はなにも言わず、村中を振り返った。

「それならば、なにも問題はない」と、北一輝はつづけた。「だが、どうだろう。天皇は重臣ブロックの討伐で絶対君主になられるかもしれん。しかし、その絶対君主となられた天皇が、統帥権を干犯した若殿たちを討て、と下命したらどうするね?」

栗原も村中も、一瞬表情を強張らせた。が、すぐに嘲るように笑った。まるで話にならないという反応に映った。

「統帥権をもっておられる天皇を、お守りするために決起する尊王義軍です。ですから、統帥権干犯には絶対該当しません」と栗原は自信たっぷりに言った。

「万が一の話だ。天皇が維新に反対されるようなことはないと信じたいが、もし万が一反対された時のことは、なにか考えているのかね？　もしそうなったら、決起の意義がすべて失われてしまうわけだが？」

栗原と村中は顔を見合わせた。想定したこともなかったという、驚きと動揺が浮かんでいたが、深刻な話でもなんでもないという顔つきに変っていった。

「決起の意義を決めるのは、大御心以外ないのです」と、村中は自分に言い聞かすように言った。「これだけは、絶対に外すわけにはいかないのです」

「この義挙は」と、北一輝は静かな口調で言った。「絶対に負けるわけにはいかない義挙なのだ。負けてしまったら、必ず統制派に天下を取らせてしまうことになる。統制派は国体明徴によってそこまでのシナリオをすでに用意し、手ぐすね引いて待っておるのだ。ここは、重々用心してもらいたい」

「そこは十分心得ているつもりです」と、村中は言った。「陛下も統制派の海外侵略にはご反対のはずですから、言いなりにはならないでしょう」

「私たちは、妖雲を斬り裂き、突破口をつくるだけです。妖雲さえ追い払われれば、陛下のご意志はなにに歪められもせず、私たちの前にお示しいただけるはずです」と、栗原は意気込んで言った。「こんどこそ、ほんとうに、やらねばいかん」

そう言う栗原から目をそらし、村中が笑いをこらえて俯いた。

「なにがおかしい！」と言いながら、栗原はやや憤然として村中を睨んだ。

北一輝はすかさず、女のような作り声で言った。

「やるやる中尉、こんどはほんとにやるの？」

「先生まで！」と、栗原は頭を掻いて、自嘲の笑みを浮かべながら言った。「どうしてそれを？」

北一輝は天井を見上げ、大口を開けて笑った。

「若殿たちのことは、なんでも知っとる」

「さすが、高天原ですね。斎藤瀏少将の娘さんがいけないんです。栗ちゃん、栗ちゃんて、いつもつきまとっているもんですから、少将までが気安く自分のことを『駄法螺吹き』って冷やかすんですから。でも、こんどの義挙は駄法螺でもなんでもなく、大御心にすがる命懸けの大一番なんです。放送局や新聞社の占拠、放送での国民への宣伝、といったことも計画にまったくないのは、大御心にすがるためなのです」

「君たちは、ロシアの武装革命の暴動指導要領を研究したのではなかったかね？」と、北一輝は二人の顔を交互に窺いながら訊いた。

二人ははっとした面持ちで身構えた。

「どうして、それを?」

「その研究で、なにか得られたものはないのかね?」

「余計なことをしてしまったかと、反省しています」と栗原が言った。

「反省なぞ、している暇はないんだ」と、北一輝は怒鳴るように言った。「リアルな研鑽、それだけが現実の力なのだ。市街戦になった場合の研究は、充分やっておるのだろうね?」

「えっ、とんでもありません。市街戦と言えば、皇軍相撃ではありませんか。それだけは絶対避けなければなりません」

北一輝の体から、力が抜けていった。が、もういちど力を込めなおした。

「宮城占拠がなければ」と、北一輝はもどかしそうに言った。「統制派の勝手放題が眼に見えるようだが……?」

「でも、相沢さんのお蔭で勢力は逆転していますから。私たちが現内閣を倒せば、皇道派支持の新しい内閣ができるはずです。ですが、これはあくまでケレンスキー内閣という想定ですから」

まだ三十歳にも届かない栗原の眼は、純真な確信の光に満ちて澄んでいた。北一輝は、その確信を支えている、政治の汚濁をくぐったことがないために、未熟なまま肥大してしまった尊皇心を持てあました。若殿たちの恋闕は、現実を見えなくさせてしまった。天皇自身が汚濁まみれの政治の現実を生き抜いていることさえ、見えていない。《純粋》は美しいだけで、汚れた現実を変える力にはならないのだ。

北一輝は眼を反らし、栗原の左官姿と村中の大工姿をしげしげと眺めた。二人とも普段見慣れていない姿なせいか、いま議論している話とはあまりにそぐわない情景に映った。しかし待てよ、と北一輝は考え直した。国家改造も考えてみれば、新しい柱を建て新たに壁を塗るようなものか。それなら、改造は大工と左官でいいのだ。そう思ったら可笑しくなって、北一輝は俯いて吹き出した。二人が怪訝そうに北一輝を睨んだ。

北一輝は途方に暮れ、フィガロに火を点けた。それから、煙草を指に挟んだまま腕を組んだ。会談は頓挫してしまった。二人を自分の議論の場に引きもどす手がかりは、なにも残されてはいなかった。

「最後に訊くが、金はあるかね?」と、北一輝は訊いた。

「全国の同志から、少しづつ集まって来てはいます」と、栗原は嬉しそうな表情で応えた。

「しかし、この維新にお金はさほど必要ないんです。先生の言われるように、一部分以外は思想の革命ですから」

栗原と村中はすっかり安堵した風情で、互いの出で立ちをしげしげと見てくすぐったげに笑い合った。

北一輝は見送りに出て、《フィアット》に乗りこむ栗原らを見守った。闇のなかに車のテールランプが消えてしまうと、狂句が一句、遥かな星空から舞い落ちてきた。

若殿に兜とられて負け戦(いくさ)

自分の革命の死命を制する切り札、それは天皇を自分の手中に収めることであるが、それを左右する宮城占拠のための将兵を、若殿たちの掌から奪うことができなかったのである。宮城占拠下の天皇の大権降下という切り札なしに、北一輝の革命が日の目を見ることはありえなかった。戦は闘わずして敗北を喫してしまった。自分の待っていた舟は、自分を乗せないで離岸してしまった。舟はもう、戻っては来ないのだ。

北一輝は別荘の玄関口で力なく伸びをし、深く息を吸った。そこは赤城下ろしが吹き抜けてゆく通り道だったが、まだその季節ではなかった。それでも、北一輝はぶるぶると身震いした。すると、身体中からすっかり力が抜け落ち、思わず蹌踉(よろ)めいた。そのとき、小走りに近づいてきた浦本貫一が、背後から北一輝をしっかり抱き留めた。浦本夫人も側に駆けつけていた。

その夜見た夢は、「千仭の断崖道なし。余坐して虚空に住する夢」と、神仏言集に書き留められている。

北一輝は諦めきれなかった。日夜、思案をつづけた。どこかから、宮城占拠の将兵が調達できないものだろうか。思案する日々が続いた。だが、名案はなかなか浮かばなかった。

北一輝が暮らしていた大久保百人町の北邸は、九月に梅屋庄吉夫人に返却し、十月六日、梅屋庄吉の別荘である中野区桃園町四十番地の豪邸に引越した。敷地は千数百坪の広さがあり、洋館の二階建てで、一面芝生の植わった庭の向こうには、山あり谷ありの広大な森林庭園が造られていた。一年分の家賃として二千四百円を一括で支払った。

豪邸に引っ越してからも、庭園の山に登り、谷に下って散策しながら、北一輝は頭をひねりつづけていた。ある日、名案らしきものが一つだけ浮かんできた。ほんとうに名案かどうかはまったく不明だった。が、残されていた最後の切り札であるならば、それに賭けてみるしかなかった。

十一月二十八日、北一輝は大本教の出口王仁三郎宅を訪ねた。出口は亀岡の本部に帰る準備で忙しそうにしていた。出口が、昭和青年会、昭和坤生会を主体とした教団の実践を担う国民精神運動団体として、《昭和神聖会》を結成して東京に出てきたのは、昨年（昭和九年）七月だった。この会は国家改造請願運動という名目で、頭山満や内田良平といった愛国団体で尊敬されている人物を運動の前面に立て、綱領として、祭政一致の確立、神国日本の大使命の遂行、国体の闡明と皇道経済・皇道外交の確立、ほか全六項目を掲げていた。

「やぁやぁ、お久しぶり。なんや、今日はおひとり？　無愛想はんおらんと寂しいやね」

出口は上機嫌だった。「無愛想さん」というのは、大川周明のことだった。

「今日は、頼みたいことがあって来た。たってのお願いだ」

「ほお、珍しいこともあるもんや。そこやあ、落ち着かんから、上がってくれへん」

「ここで結構。話は簡単、昭和青年会員を貸していただきたいという、たったそれだけの相談だ」

「青年会員を？　ボディーガードでっか？」

「三百人ほどほしいのだ」

「三百人！　それはまた野暮な話や」と出口は大声を上げ、眼を丸くして言った。「数からすると、クーデターちゃうか？」

「社会をよくするためだ」

「社会よくするかて、じぶんの夢を実現したいだけやろ。あの者たち、わしの命令でなきゃ動かんで」

昭和青年会のメンバーは、大本教の天下統一を実現する実践部隊の重要な一翼を担い、極秘裏に銃撃戦などの軍事訓練も受けていた。北一輝は、宮城守備の近衛兵三百名に対抗しうる兵員を想定していたのである。北一輝は刺客の話を仄めかして脅そうとしたが、出口はびくともしなかった。どう粘っても、この男を翻意させることは無理だろう。北一輝は諦めるしかなかった。

この日の夜のお告げは、「責任者一手を着けるな。臭気にハ蓋をせよ　達磨」だった。自分が持ちかけた極秘の依頼を知っているのはただ一人、なにもせずに秘密裏に隠し通せ、ということだろう。

それから十日ほど経った十二月八日、亀岡の大本教本部《天恩郷》は、治安警察法に基づき警察に襲撃された。第二次大本教の大弾圧である。厳重な警戒網のなか、月宮殿、光照殿、大祥殿、秋月亭、高天閣など、殿閣の二百四十余棟のほとんどが数千発のダイナマイトで爆破された。すべてを破壊しつくすのにまるまる二週間かかった。出口王仁三郎は松江の別院で逮捕された。

岡田内閣の高橋是清蔵相は、政友会の党籍を剥奪されて入閣していたが、軍事費の増大は他国との無益な兵器競争を招くだけであると警告して「満州投資の一時的中止」を呼びかけ、また高橋が「防衛予算の増加がインフレを引き起こすであろう」と述べると、陸軍は激しく反発し、明らかに脅迫的に高橋是清に挑みはじめていた。

十二月二十六日、牧野伸顕は病気を理由に内大臣を辞任した。身に迫る危険を予感したような行動だった。

昭和十一年（一九三六年）の晴れ渡った正月が、なにごともなさそうに穏やかに明けた。一月二十一日、岡田内閣の広田弘毅外相が、対中国三原則を発表した。これは昨年秋に駐日中国大使にすでに内示されていたものだった。（一）日中提携、（二）満州国承認、（三）共同防共、の三原則である。広田は昨年末、中野正剛を団長とする北支視察団を中国に送り、外交部長に就任したばかりの張群を介して蒋介石と会見し、感触を探っていた。張群は声明を発表し、（一）を除いて（二）（三）を拒絶した。翌日、内閣不信任案が出され、衆議院は解散した。

一月二十三日、磯部は川島義之陸軍大臣と会っていた。磯部は「青年将校たちはいま、五・一五より規模の大きい反乱を計画しています」と打ち明けたが、川島は驚きも落胆もせず、反渡辺錠太郎教育総監運動をつづけるよう示唆しただけだった。渡辺教育総監は天皇機関説派だったからである。帰りに川島は、「雄叫」という高価な日本酒を一本、磯部に贈った。磯部は密かに思った。「上層部は、自分たちがことを起こすことを期待しているようだ」

一月二十八日から、永田鉄山を暗殺した相沢三郎の公判が始まった。この朝、磯部は世田谷の真崎に会いに行き、「統帥権干犯では決死の努力を惜しまないから、金子千円の都合がつかないか」と頼んだ。真崎は森伝を通じて五百円用意してくれた。森伝という人物は、真崎、清浦奎吾、田中義一、久原房之介へと渡り歩いた政界浪人だった。後日、この日の一件が予審廷で暴露され、真崎逮捕へと繋がってゆくのである。

二月四日、東京は雪になった。寒さが厳しく、水道鉛管が凍結する事態があちこちで起きた。

二月十五日、安藤は磯部とともに、陸軍省軍事調査部長・山下奉文大佐を訪ねた。内閣調査局調査官・鈴木貞一大佐と軍事課長・村上啓作大佐も同席していた。山下が安藤に、岡田首相は殺害しなければならないと仄めかした。すると村上は磯部に「すぐに行動を起こすんだ」と迫った。

二月十八日、栗原は自宅で、安藤、磯部、村中らと協議し、「来週中決行」を決めた。しかし安藤は疑問を呈し、自分の歩兵第三連隊の兵力を使うことに反対した。「不義を討つことにのみ重点をおき、建設計画がまったくないところが腑に落ちないんだ」と、安藤は弁解した。「兵員たちの生命に、自分は全責任を負っているのだからね。建設計画がなく、兵が消耗するだけの出動は、どうしても決意するわけにはいかないのだ」

しかし栗原たちの判断は違った。それでは安藤抜きで見切り発車しようということになり、重臣殺害の予定と担当者の第一案を練った。

二十日、衆議院の総選挙があった。民政党が用意したスローガンは「われわれが求めるものは、議会制かファッシズムか？」だった。総議席四百六十六のうち、民政党が二百五で、国民同盟ほかと組めば過半数を確保できた。政友会は百七十四で、総裁の鈴木喜三郎も落選した。国民は岡田内閣の議会による現状維持を支持したのである。

この日、安藤は西田を訪ね、西田の考えを聞いてみた。西田は難しい顔をした。維新運動が沸騰点まで来ているとは思えないから、いま起つのには疑問を感じないでもないが、初めての外地となる満州移駐が三月だということなら、やむをえないとも思う、と西田は語った。安藤は瞑目して西田の話を聞いていた。そして、昨日、野中四郎大尉に「いま決起しなければ、かえってわれわれに天誅が下るのだ」と叱責されたことを思い出すと、安藤は西田に「十分考えてみます」と答えて別れた。

第一師団の満州移駐が公式発表された二月二十一日、北一輝への朝のお告げは、「山岡鉄太郎、物申す　稜威尊し　兵馬大権干犯如何　答　大義名分自ずと明らかなるは疑無し　他末節に過ぎず」だった。北一輝はすでに、青年将校たちだけの決起がどうなるか占っていた。

二十二日土曜日の早朝、安藤宅を訪問した磯部に安藤は、歩三の将校全員に決起の同意を得た、と告げた。そして付け加えた。「私は村中さんや磯部さんと違い、部下を持った軍隊の指揮官です。責任が非常に重いんです」

この日の夜、栗原宅に磯部、村中、河野寿（ひさし）が集まり、二十六日決起を決定した。二十二日の相沢公判で真崎甚三郎の証人尋問出廷が二十五日と決まり、これは無視できなかった。また、歩兵第一連隊の山口一太郎が週番司令を願い出て、二十二日の正午から二十九日土曜日の正午までの週番が決まってすでに任務についていた。また、部隊の出撃を決心した安藤も、歩兵第三連隊の週番が二十二日からと決まり、すでに夜の連隊長を務める任務についていた。また歩一連隊長は小藤恵少佐で皇道派だから、邪魔が入らないはずであった。が、二十七日に山口に演習予定が入っていたため、二十六日午前五時が選ばれた。「同志たちの合い言葉は《尊皇》に《討奸》、下士官以上の同志標識は《三銭切手》をどこかに適宜貼付」と決められた。

二十三日の朝、栗原は妻とともに豊橋市に向かい、豊橋の陸軍教導学校の対馬勝雄中尉に会って、密かに隠匿していた二千発の小銃弾を渡し、西園寺公望邸襲撃を命じた。

午後、雪は本降りになり、大雪の中を千駄ヶ谷の西田の家に磯部が訪ねてきた。東京に降り積もった雪は、夕方には三十五センチにもなっていた。「おお、ひでえ雪だ」と言いながら磯部が訪問すると西田は不在で、初子が顔を出した。

「奥さん、いよいよやります」と磯部は声をひそめて誇らしげに言った。

「いつですか?」

「二十六日の朝です。こんどご主人が反対なさったら」と、急に険しい表情を作った磯部は声を落として言った。「お命をちょうだいしてでも決行するつもりです。先生にそうお伝えください」

初子は、険しい軍人の顔になっている磯部をみつめたまま、西田も北先生も、この人たちの舟には乗らないのだと、改めて感慨を深めつつ、ほんとうに成功するのだろうかと思った。西田が青年将校の決起を止めていたのは、宮城占拠を承諾させるまでの時間稼ぎだった。つい先日も、「今度はもう止めないでください」と北一輝に言うと、「われわれとしては、どうしようもあるまい」と憐れむような表情で返事されたが、もう時間稼ぎになんの意味もなくなってしまったことを、西田はまだ知らされていなかった。

二十三日の夕方、渋川善助は妻と同伴で湯河原へ向かった。探ってみると、牧野伸顕は思惑どおり伊東旅館で静養していた。一足先に妻を上京させ、西田宅にいた磯部にそのことを伝えさせた。

弟の北昤吉が北一輝邸を訪れたのは、二月二十三日の夜だった。今度の総選挙では、無所属で新潟一区から立候補し、見事に当選を果たしていた。二十二日の開票を待たずに上京してきたのは、票読みで当選が確実視されていたからだった。昤吉は兄の家に顔を見せ、大邸宅をあちこちと歩き回った。

「こっちかと思って行けば、すず子さんがこっちではないと言うし、そっちかと思えば、ムツさんがあっちだろうと言うし、あっちに行けば大輝学士が向こうだろうと言う。兄貴はいったいぜんたい、どこにおるんぢゃ?」

いくつもの部屋を覗き込んでは、昤吉は忙しなく探し回った。

「なにをチンチンやかましく走り回っておる」と、応接間から顔を出した支那服姿の北一輝は、憤然として吐き捨てるように言った。「この赤自動車（消防自動車）め、くだらない者になりやがって。学者でいればよかったのに」

「心配しなくていいよ。わしはヒトラーのようにはならんから」

「なりたくても、おまえがなれるか！」

「なにっ！」と、晗吉は顔を真っ赤にして怒鳴った。「ドイツに留学したときに分かったんだが、ドイツと日本では国情というものがまるで違うんだ。とにかく日本には天皇陛下がおられ、その絶対的なご聖徳の下に国民がいるというのは、なんと喜ばしいことなんだ。いつものことだが、つくづくそう思うね。日本は独裁国家には絶対なれないし、ならないのだ。ヒトラーのように、軍の統帥権と国家の統治大権とを一身に統合して、あるときは大総統、あるときは総理大臣、またあるときは大元帥と、まるで怪人二十面相のようなことは……」

「カイジン？　ニジュウ？　なんだ、それは？」

「先月から『少年倶楽部』という雑誌で連載の始まった、江戸川乱歩という作家の探偵小説だよ。怪人二十面相という名の、変装が上手で、二十人にも化けることができる怪人だ」

「なるほど、だから怪人二十面相か。これから国会に乗りこもうという人物が、そんな子ども騙しのたわいもない変装小説を読んどるのか。変装してヒトラーにでもなろうというのか？」

「とにかく、怪人二十面相は、なんにでもなれるというのだから驚きだ。警察も、だれを捕まえたらいいのか、迷ってしまうし、本人じしん、自分のほんとうの顔が分からないとくる」

「だとしたら、おまえこそ怪人二十面相だったのか？　かねがね思っていたが、おまえという男は、ほんとうの顔というものがさっぱり見えんのだ」

「とにかく、怪人二十面相は、不公平が嫌いで、富豪の家に貴金属を盗みに入るときも、いつ幾日にいただきに参上すると前もって予告するんだからね」

「なるほど、公明正大で感心だ。俗物とは、まるで違う」

「しかし、空想の世界はともかくとして、日本の総理大臣を見るといい。軍権もなければ司法権もない、立法権もない。ただ総理大臣でいるしかない。しかし、この限定された職域でこそ、臣下としての節操を全うすることができるのだ。ここに総理大臣としての誇りもあれば、日本の国体のありがたさもある。みんな自分の職域から外へは出ないのだ。それぞれの職域に専心して調和を心がけておれば、内閣と軍の摩擦も起きなければ、政府と議会のいがみあいもない。このような深い思し召しが盛られているのが、明治天皇が欽定せられた不磨の大典たる明治憲法なのだ」

「だから日本は、国家としての政策がなに一つ決められないのだよ。おまえに明治憲法のからくりが分かるわけがない」

「なに、からくり? そんなものがあるか!」

「日本では、挙国一致体制をつくることが、どうしてもできないのだよ!」

この日も最後は大喧嘩になり、昤吉は紅潮したまま鼻息荒く、上背のある体でのっしのっしと歩いて帰っていった。

八　正義軍が往く

二月二十四日早朝、村中孝次が背広姿で北一輝邸を訪ねてきた。北一輝はすでに読誦を終えて、応接間の長椅子に座禅の形で坐っていた。村中は挨拶していつものように一人で二階へ上がり、神仏壇の明治大帝尊像の前で《決起趣意書》を書いた。野中四郎大尉が起草したものに、多少の推敲の朱を入れながら清書したのである。その内容は、八紘一宇を完うする国体の秀絶な尊厳を私心私欲から見下し、万民を塗炭の痛苦に呻吟せしめる不逞兇悪の徒、元老、重臣、軍閥、官僚、政党などの国体破壊者を誅滅して御稜威を輝かせ、神州赤子の微衷を献ぜん、というものだった。

書き終わると正午近くになっていた。趣意書を北一輝に見せた。

「至誠から発する、歴史的な名文だ」と、北一輝は固い表情のまま言った。

村中は恥じらうように微笑み、軽く会釈した。剣道の腕に長け体躯もがっちりしているが、背が低く優男だったから、微笑むと一見あどけない男の子のように映った。

「今日のお経は終えられたんですか?」と、村中は訊いた。

「大内山光指ス　暗雲無シ　善道」と北一輝は応えた。

嬉しそうな笑みが村中の顔中に広がった。

二十五日早朝、栗原は支援者の斎藤瀏(りゅう)予備役少将に決起の話を漏らし、最後の別れをした。

朝十時から第十回目の相沢公判があり、真崎甚三郎が証人尋問を受けた。出廷した真崎が証言の途中で怒り出して帰ってしまうというハプニングがあり、公判はそれで閉廷した。

村中は公判の一部始終を見届けると、憲兵の福本亀治の姿を見かけたため、逃げるように軍法会議場を後にした。約束してあった麻布竜土町の亀川哲也の家へ行き、そこで西田と会った。政界浪人の亀川は沖縄の出身で、西田より十歳年上で経済の著作などをやっていた。現在のところ久原房之助に取り入っていた。三人で夕食を摂って別れ際、亀川は久原から青年将校たちへの決起の軍資金として渡すよう頼まれていた五千円のうち、前金として渡された二千円を村中へ差し出した。現在の幣価で六百万円ほどになる。久原が目論んでいたのは、岡田内閣を打倒して代わりに自分が組閣することだった。

「西園寺には」と、亀川は村中に懇願した。「次期首班指名のおり親皇道派の久原を推薦してもらいたいから、暗殺リストから外してくれないか。みんなにそう頼んでくれ」

村中はなにも言わず、その足で六本木の歩兵第一連隊に入った。ほんとうは床屋へ行って来たかったのだが、栗原との約束の夜七時が近づいていたので集合を急いだのだ。すでに磯部は到着していた。野中、磯部、香田らと協議して『陸軍大臣に対する要望事項』を起草し、決起趣意書を印刷するためにガリ版切りを始めた。それから磯部、村中は栗原の部屋で軍服に着替えた。

北一輝はその深夜から、床に入らず神仏壇で読誦していた。二十六日の真夜中一時半頃、寝室に入って眠ろうとすると、閃きのようにお告げが浮かんだ。革命軍・正義軍の文字が並んで現れ、革命軍の文字を二本の棒線で消し、正義軍だけを残した。北一輝は別荘で浮かんだ狂句を思い出した。「若殿に兜とられて負け戦」。彼らは革命軍として決起するのではない。革命軍はすでに昨年敗退してしまったのだ。だから、正義を実現するだけのクーデターだ。現体制を改革して正義を実現するだけならば、徹底的な弾圧は回避できるかもしれない。そうだ、青年将校たちの命を救う唯一の道は、正義軍であるという姿勢を最後まで貫くことだ。

関東一帯は、二十五日昼過ぎからふたたびひらひら舞い降りていた雪が、夜になると本降りになり、日付の変わった二十六日深夜二時ごろがもっとも激しかった。やがて雪はちらつくほどの小降りになっていったが、早朝には帝都は一面の雪の都になっていた。三十年ぶりという珍しい大雪だった。

この雪の都で、二十六日午前五時前後から、予定された決起目標が次々と襲撃されていったが、すでに四時半頃に渋川善助から北一輝に、決起部隊が出動したと伝える電話が入っていた。

四時五十分頃、麹町区三番町の鈴木貫太郎侍従長官邸を襲ったのは、歩三の安藤輝三大尉、坂井直中尉ら下士官・兵二百余名だった。銃撃を受けた鈴木貫太郎は夫人の嘆願により東京帝大病院分院に運ばれ、塩田広重教授によって銃弾の摘出手術を受けた。

五時頃、岡田啓介首相のいる麹町区永田町の総理大臣官邸を襲ったのは、歩兵第一連隊（歩一）の栗原安秀中尉、林八郎少尉ら下士官・兵三百六十余名だった。予備役陸軍大佐・松尾伝蔵ら五名が即死、岡田首相も即死のはずだった。

同じく五時頃、赤坂区表町の高橋是清大蔵大臣私邸を襲ったのは、歩三の中橋基明中尉ら下士官・兵百二十余名だった。高橋是清は即死、巡査が負傷した。それから中橋は宮城に向かい、二十六日に宮城警備の守衛控将校になっていたので偽って坂下門を入り、皇居正門南側土堤に上った。警視庁の屋上で手旗信号を振って待っている野中四郎部隊に手旗信号で合図を送ろうとしているところを発見され、決起部隊の一味と悟られてしまった。制圧した半蔵門から招き入れた兵で、宮城のすべての門を閉鎖してしまう予定でいたが、それは失敗に終わった。

同じく五時頃、麹町区外桜田町の警視庁を襲ったのは、歩三の野中四郎大尉ら下士官・兵四百九十名で、警視庁を占拠した。警官を出動できなくするための処置であった。

五時五分頃、四谷区仲町の斎藤実内大臣私邸を襲ったのは、歩三の坂井直中尉、高橋太郎少尉ら下士官・兵二百十名だった。斎藤実は機関銃の乱射で死体はばらばらになっていたが、さらに日本刀で切り刻まれた。

五時三十分頃、麹町区永田町の川島義之陸軍大臣官邸を襲ったのは、歩兵第一旅団の香田清貞大尉、村中孝次元大尉、磯部浅一元一等主計ら下士官・兵百九十余名だった。官邸占拠後、会見を求めたが陸軍大臣はいっこうに姿を見せなかった。

五時三十五分頃、神奈川県湯河原の旅館にいた牧野伸顕も襲われたが、裏山に逃げた。襲った河野寿大尉はその後、自決を図った。

豊橋陸軍教導学校の対馬勝雄中尉は、同僚に下士官兵動員に反対され、早々に西園寺公望襲撃を中止して同志に連絡した。

六時頃、杉並区上荻窪の渡辺錠太郎教育総監私邸を襲ったのは、歩三の高橋太郎少尉、安田優少尉ら下士官・兵三十名だった。渡辺錠太郎は即死だった。

決起部隊は兵力と装備を維持したまま、永田町や三宅坂など、政治・軍事の中枢地一帯を占拠し続けた。決起した部隊総員千四百八十三名のうち、七割は一カ月前に入隊したばかりの初年兵であった。一日分の携帯食を用意していたが、近衛第一師団歩兵第一連隊隊長の小藤恵大佐と近衛第一師団歩兵第三連隊（歩三）隊長の渋谷三郎大佐は、決起兵への正規の食事補給を命じた。


歩一の週番司令をしていた山口一太郎の使いの者が、侍従武官長邸で睡眠中の本庄繁を起こして決起の連絡をしたのは、午前五時頃であった。山口は本庄の娘婿である。本庄はすぐ宿直中の侍従武官中島鉄蔵少将に電話、中島からの情報で、当直だった侍従の甘露寺受長が天皇を起こし伝達された。

天皇は起きて来て宮城の庭の方へ視線を投げ、茫然と立ち尽くした。

「とうとうやったか……」と、天皇は唇を震わせ、独り言を呟いた。「まったく、私の不徳の致すところだ……」

本庄はすぐにでも憲兵本部に連絡すべきところ、青年将校たちの目的がほぼ達成されるまで、時間稼ぎをしていた。自分の参内も、七時近くまで引き延ばした。

内大臣秘書官長・木戸幸一は、斎藤実内大臣の書生からの連絡で事件を知ると、参内前にさっそく、警視総監の小栗一雄、貴族院議長・近衛文麿と西園寺公望の秘書・原田熊雄に電話で知らせ、興津の坐漁荘の西園寺にも電話したが不在だったため女中に伝言し、六時過ぎに参内し、大元帥の軍服姿の天皇に謁見した。六時四〇分頃にふたたび西園寺に連絡した。

斎藤内大臣が倒れ、その役割を自覚して担った木戸は、陛下に進言した。

「暫定内閣の樹立は、反乱軍の成功に帰してしまいますので、これは認めない、現内閣の辞職も認めない、反乱軍を速やかに鎮定せよ、これ一本で収拾すべきと存じます」

動揺のまま殿内を歩き回っていた天皇は、しばし黙考し、すぐに同意した。

この時やっと本庄が参内してくると、天皇は厳しく命じた。

「早く事件を収束させ、禍を転じて福となせ。暴徒は直ちに鎮圧されなければならない」

天皇の意想外な激情に、本庄はたじたじとなった。

「陛下、近衛師団に対し、そのような強いお言葉はお遣いにならないでください」

「裁可なしに兵士を出動させる者は、だれであれ暴徒だ」

怯むところのない天皇は、絶対君主になられていた。これでやっと、《政治》が動き始める気配がした。本庄は恐懼して押し黙った。

このころにはすっかり雪も止み、周り一帯は小春日和のような暖かい陽射しに包まれようとしていた。

陸軍大臣官邸では、七時前、殺害の心配はないと分かってやっと現れた川島陸相との会見が始まった。村中、香田、磯部らが『決起趣意書』を読みあげ、『陸軍大臣への要望書』を突きつけた。要望書には、宇垣・小磯・建川・南ら統帥破壊の元凶の逮捕、根本・武藤・片倉ら軍閥的行動者の罷免、皇軍相撃を避け維新に邁進すること、要望実現で安定するまで決起部隊を占拠地から移動させせないこと、などが挙げられていた。川島はこの要望書を受け入れた。青年将校たちの要望の主眼は統制派の一掃で、軍人政権の樹立は主張していなかった。

八時過ぎになると、真崎甚三郎大将が、決起兵の停止命令もきかず車を走らせて官邸に入ってきた。真崎は得意然とした態度で車を降りた。早朝四時ごろ亀川哲也からの電話で西園寺殺害は中止されたと聞いていたし、海軍大将加藤寛治への連絡で海軍軍令部総長の伏見宮にも動いてもらえるとのことで、いよいよじぶんの出番が近づいていると確信を深め、気をきかせて大将の軍服に勲一等旭日大綬章の副賞・勲二等旭日章を佩用(はいよう)してきていた。車に近づいた磯部が真崎であることに気づき声を掛けると、真崎は頷きながら、先月金をねだられて五百円ほど工面してやった磯部の前に立って言った。

「諸君はとうとうやったか。お前たちの心は、よう─分かっとる。お前たちの心は、よう─分かっとる」

真崎は意気揚々と官邸内に入って行った。磯部も後を追って邸内に入ると、すでに斎藤瀏少将や小藤恵大佐、山口一太郎が広間にいた。

真崎は川島陸相に会うと、陸相官邸で閣議を開き、戒厳令も布かなければならないと恫喝口調で言った。さらに真崎は川島に、決起趣意書と陸軍大臣への要望書の線で行こうぢゃないかと勧め、川島も同意した。そこで真崎は、青年将校の意を汲んではやく参内して大詔渙発を言上しろと勧めた。川島は九時半ころ参内した。陸軍大臣官邸を出た真崎は、それから、海軍大将・加藤寛治とともに伏見宮邸を訪れ、宮を伴って車で参内した。

このころから、ふたたび雪が降り出していた。

天皇に拝謁した川島は決起趣意書を読みあげ、中間暫定内閣を進言した。

「陸軍大臣は、叛乱軍の速やかな鎮圧が先決のはずだ」と、天皇は怒りに震える声で応えた。

「現内閣には時局の収拾を命じておいた。国体の精華を傷つける今回の叛乱には、精神の如何を問わずどこまでも不本意である」

次に伏見宮が天皇に拝謁し、「いちはやく維新の決意を」と進言すると、天皇は苛立って伏見宮を叱責した。

「宮中には宮中のしきたりがある。伏見宮殿下から、そのようなお言葉を聞くとは心外である」

伏見宮は恐懼して引き下がったが、その背後から声がかかった。

「徹底的に圧鎮せよ。要すれば錦旗を奉じて往く」

襲われた首相、内大臣、侍従長らが海軍の大将ばかりだった海軍側は、天皇の本心を知って強硬方針を打ち出した。直ちに決起部隊を鎮定してくれんと、横須賀の第一水雷戦隊の陸戦隊が、市内を威嚇してまわった。

　伏見宮による進言が否定されたことは、真崎には想定外のことであった。「真崎首班」を確信して『歴代詔勅集』まで用意していたからである。

　天皇は軍事参議官会議は招集しなかった。その多くが皇道派であることを知っていたからである。しかし真崎らは、天皇による招集という規定に背き、会議を勝手に非公式で開いた。会議に参加したのは、川島陸相のほか、軍事参議官として、林銑十郎、荒木貞夫、真崎甚三郎、阿部信行、西義一、植田謙吉、寺内寿一、朝香宮鳩彦王、東久邇宮稔彦王らであり、天皇の意向に大きく背いた『陸軍大臣告示』をまとめた。荒木貞夫の指示だった。だが、軍事参議官に告示を出す権限がないと杉山元参謀次長に指摘された真崎は、慌てて川島陸相に名義を借りた。午後三時半に陸軍大臣官邸に現れた山下奉文少将によってその『告示』は決起部隊に下達された。香田、野中、安藤、村中、磯部が呼ばれて聞いていた。

　その文面は、(一) 決起の趣旨は天聴に達せられあり、(二) 諸子の行動は国体の真姿顕現の至情に基くものと認む、(三) 国体の真姿顕現については恐懼に堪えず、(四) 各軍事参議官も一致して右の趣旨に依り邁進することを申合せたり、(五) これ以外は一つに大御心に俟つ、であった。

　巨躯の山下は、安藤たちを睥睨しながら読みあげたが、「(二) 諸子の行動」の箇所を、「(二) 諸子の真意」と言い換えて読んだ。

「陛下はこれにご同意されたのですか」と、安藤が訊いた。

「陛下もご同意にあらせられる」と、山下は力強く答えた。

西田は、自宅では危ないと考えて昨夜は北邸に泊めてもらっていたが、二十六日の朝、やまと新聞の岩田富美夫にさっそく電話した。話しかけようとしたが、先方の声は聞こえるのに、こちらの声が先方には通じなくなっていた。故障かなと思い、西田は外の公衆電話で岩田に連絡した。九時ごろ岩田が姿を見せ、警視庁が西田を予備検束しかねないから、岩田の親族が経営している巣鴨の木村病院にかくまうからと話し合っていると、決起連隊の出動を確かめてから帰ってきた渋川善助も姿を見せた。まもなく、西田はひとりで巣鴨の木村病院に向かった。

北一輝は神仏壇のまえに坐り、読誦をつづけた。ラヂオは予定の番組を進めるだけで、臨時ニュースはまったく流さなかった。

十時過ぎになると、北邸の電話は、こちらの声も相手に通じるようになっていた。当局の盗聴作業で生じた不具合だったとは、だれも気づかなかった。が、北一輝は常々盗聴を怖れて、自分では電話を掛けないようにしていた。

正午ごろ、岩田の配下・許斐(このみ)氏利ら三名が姿を見せ、身辺警護を始めた。

午後一時過ぎに、知り合いの中野警察署特高主任・大橋秀雄が北邸に顔を見せた。北一輝は、褐色の支那服姿で応接間の長椅子に坐禅するように静かに坐っていたが、側にすず子もいた。

北一輝は大橋から決起の結果を聞いてから言った。

「ここ二週間ほど、顔を見せなかったぢゃないか」

「失礼しましたが、総選挙ですよ。選挙違反は、投票が終わるまではいつでも起こりますから。また、その取り締まりは、すぐやるのが原則ですから」

「なるほど。君は嘘をつかないからいい」

「ところで、西田さんがもう抑えられないと仰ったそうですが、そう言って来る前に、先生は計画をご存知だったのでしょ?」

「私はみんなから高天原という綽名をつけられていてね、私にはなにも言ってこないのだよ。ずうっとツンボ桟敷で、やると分かったのは昨日の夕方さ。だからと言って、こちらからわざわざ特高主任に『明朝です』なんて電話するのも、可笑しいぢゃないかと思ってね。ね、君、そうでしょう?」

大橋は、青年将校たちの思想系統が北一輝配下の者であることを詳しく再確認し、事件収拾の方法も訊いたが、北一輝は大御心によると応えた。

「それで、警視庁はどうしている?」

「事件は軍内部の抗争ですから、警視庁は不介入です。中立を守って、治安維持に務めるだけです。これから毎日来ますから、会ってください」

「いいだろう」

「それから言っときますが、勅令が発表されるまで、事件には介入しない方がいいですよ」

そんな話をして、大橋は飄然と帰って行った。

まもなく木村病院から西田が帰ってきた。西田が拘束を恐れていた理由は、自分が指導している新日本海員組合総連合の傘下にある在郷軍人組織が、北一輝の《改造》にとって重要な役割を担っていたから、必要時にいつでも応えられる控えのためであった。

午後四時頃、西田が小笠原長生子爵に電話し、決起部隊は国体明徴のために決起したのだから、国家のために死ねるよう事件を不問にして満州へ送り出してもらいたい、と懇請した。小笠原は尽力してみようと約した。

陸軍省、参謀本部を決起部隊によって追い出された統制派の上級将校や軍事参議官たちは、九段下の憲兵隊に集まった。その三階が臨時陸軍省参謀本部に早変わりした。賛否両論が飛び交うなか、この皇道派の決起を踏み台にして自分ら統制派の国家革新へもっていこう、という意見が大勢を占めていった。

午後五時ころ、栗原から電話が入り、陸軍大臣告示が出たと聞いた西田は、くすぐったげな顔で北一輝に伝えた。

「まったく栗原ったら、ざっとこんなもんだい、という口調でした。決起の趣旨が天聴に達したというのだから無理もないが、こんなに手際よく進むというのが、なんとも臭い。どこかにとんでもない落とし穴がある、きっとある。こちらは、責任者は当然自決するつもりだろう、なんて思い詰めていたんだ。それで、戸惑っていたら、『大権私議はありませんから』とくる。さらに、『溜池まで案内を出すから、一度情況を見に来ませんか?』だと。子どもの運動会ぢゃぁあるめえに」

西田は大きくため息を吐いた。北一輝は、若殿たちの行動が天聴に達したことが事実だとすれば、新しい内閣の組閣へという展開を考えるべきなのかと、狐につままれたような気持だった。

寺田稲次郎も夕方になって北邸に顔を見せた。

「午前中に大命降下が順序だが、少し遅いぢゃありませんか？」

寺田は、自分たち民間右翼の手は借りず、軍だけでやるという青年将校たちの行動が気に入らなかったから、うまくいくものかと高をくくっていた。


歩三連隊長・渋谷三郎大佐の指揮下に入っていた決起部隊は、午後七時過ぎに歩一連隊長・小藤恵大佐の指揮下に編入され、反乱軍ではなく、正規の指揮系統下に入り、占拠地帯の警備が命じられた。また、決起部隊には原隊から食糧が運ばれたため、決起部隊は自分たちに有利に展開していることを疑わなかった。

夜の八時過ぎ、ラヂオは臨時ニュースを放送しだした。陸軍省の公式声明文だった。内容は、襲撃された箇所をはじめ、首相、教育総監、内大臣が殺害され、侍従長と蔵相が重傷、牧野伯は行方不明という内容で、青年将校らの決起目的が決起趣意書から抜粋され、その宣伝でもするように詳しく放送された。

寺田稲次郎がラヂオを聴きながら、小首を傾げて呟いた。

「ひょっとして、これは、ひょっとするってことかい？」

北一輝は黙ったまま、悠然として煙草に火を点けた。もしも若殿たちの正義が実現するのであれば、すべてが首尾よく片づいてしまうことになる。自分の革命はとうに失われていたのだから、これからは自分一人の人生を考えるだけでいいのだ。

ちょうどそこに現れたすず子を振り返り、北一輝は言った。

「おっかちゃんや。この騒ぎが片づいたら、大きな家を建ててやるぞ」

すず子はなにを言いだすの？　という顔で北一輝を振り返った。

「寺田君」と、北一輝は煙を吐き出しながら、寺田の方に向き直って快活に言った。「今度、二人で大いに遊ぼうぢゃないか」

それからしばらくして、寺田は複雑な面持ちで北邸を辞した。夜の十一時ごろ、岩田が北邸に顔を見せ、西田と三人であれこれ話した。

「街は号外で足の踏み場もないくらいだぞ」と、岩田は言った。「やまと新聞はそこまではしてないが」

「どんな号外だ？」と、西田が訊いた。

「革命軍大いに起こる、というのを見かけたな」

「これは、革命軍ではないんだよ」と、北一輝が言った。「正義軍さ」

「とにかく」と、岩田は言った。「愛宕下の新聞社前の八メートル道路の一方の端に決起軍の前戦柵があり、もう一方の端に戒厳軍の防御柵があって、両者が睨みあっているんだから、触らぬ神に祟りなしってもんですよ」

岩田と西田はまだ話していたが、北一輝は泊まって行くという西田に快諾して寝室にはいった。

深夜、天皇は真崎、阿部の二大将を謁見し、軍が反乱を鎮圧しなかったことを厳しく叱責した。真崎は、改造内閣の首班指名の拝謁ではなかったことに、落胆して肩を落した。

青森の第八師団歩兵第三十一連隊の第三大隊長の秩父宮は、二十六日朝の八時過ぎに高松宮から連絡を受けたが、宮内省事務官から伝達された斎藤内府・高橋蔵相の即死、鈴木侍従長重傷などしか知らされなかった。

「この決起に西田は絡んでいないようだ。この殺戮ぶりは、軍刀は抜かず、がちゃつかせるだけの無血クーデターではない。安藤はどう絡んでいるのか?」

秩父宮はその日の訓練を途中で密かに抜け、帰京に大反対の宮内庁には耳をかさず上京を決断、身内の死などに利用される請願休暇をとった。東北本線が雪で不通となったため、奥羽線、羽越線、上越線回り上野行きの急行列車に特別車輌を連結してもらい、午前零時二十二分、秩父宮はそれに乗った。

二十七日午前二時五十分、川島陸相の意見で戒厳令が決定され、東京市に戒厳令の一部を適用する緊急勅令（行政戒厳）が公布され、戒厳司令部が置かれた。戒厳司令官には警備司令官・香椎浩平が任じられた。この裁可のとき、天皇は「徹底的に始末せよ。戒厳令を悪用することなかれ」と念を押した。

天皇は、事件の全体像が判明してゆくにつれ激怒した。

「朕がもっとも信頼しておる老臣をことごとく倒した。これは、真綿で朕の首を絞めるのと同じ行為である。反乱部隊はただちに討伐せねばならない」

「たしかに老臣殺傷は」と、本庄繁侍従武官長は弁解した。「最悪のことでまことに遺憾に存じますが、結果はともかく、かれらの精神は、君国を思って起こしたことであって、これが国家のためになることだという心情から行ったことでございます」

「それはただ、私利私欲から行ったものではない、というだけの話にすぎまい。どこが国家のためなのか？　朕の股肱(ここう)である老臣を殺戮するような凶暴な将校たちである。その精神そのものがすでに恕されるべきではない」

陸軍は動こうとしなかった。それに天皇は苛立った。いくども本庄を呼びつけ、決起部隊鎮定を督促した。が、それでも動こうとしない陸軍に天皇は怒りを爆発させ、言い放った。

「されば、朕自らが近衛師団を率いて鎮定してくれよう」

周りの軍の幕僚や軍事参議官たちは恐懼した。立憲君主だと信じきっていた天皇が、絶対君主に豹変されたからである。青年将校たちが心から望んでいた絶対君主になられた陛下は、青年将校たちの前に厳めしい絶対君主の姿で立ちはだかった。本庄は必死に立憲君主に戻そうとした。

天皇にとって「朕の股肱である老臣」とは、直接には鈴木貫太郎侍従長を指していた。鈴木夫人の孝は、天皇の少年時代に養育係として慈母のように尽くしてくれた存在であったし、鈴木貫太郎もいわば慈父的存在として心の拠り所であった。

二十七日の午前四時半ごろ、首相官邸を占拠している栗原から北一輝に電話がはいり、外部の情勢を訊いてきた。

「いよいよやりましたね」と、北一輝は言った。「海軍軍令部総長・伏見宮は、もっか参内して陛下とご相談中のようだ。陸軍も首脳らが集まって相談しているようだが、小田原評定のようで結論が出てこない。君たちは奉勅命令によって行動するものだが、この上、奉勅命令など出るはずないから、今後とも大いにやるんだね。とにかく、こちらは嬉しい悲鳴をあげているよ。全国各地から届く激励の電報が半端ぢゃなくて、もう七千通くらいになるかな、多すぎて持ちきれんのだよ」

北一輝は、白紙の勧進帳を読み上げる弁慶になっていた。その励ましが効いたのか、電話を切るとき栗原は「最後の一兵まで戦います」と言った。

午前八時二十分、杉山元参謀次長の上奏で決起部隊の原隊復帰命令をうたう奉勅命令が允裁された。天皇にやっと満足の表情が浮かんだ。山下奉文が村中孝次を訪れ、奉勅命令を伝えて投降を促すと、村中は幕僚の作った奉勅命令などには従えないと言い放った。

北一輝は神仏壇で誦経していた。神のお告げは「人無シ勇将真崎在リ　国家正義軍ノ為メ号令シ正義軍速ニ一任セヨ」だった。北一輝は早速、首相官邸に電話し、出てきた磯部にこのお告げを伝えた。台湾の柳川平助大将ではなく、ここは真崎一任で行くべきだ、と北一輝は念を押した。

決起二日目のこの日、決起部隊は、首相官邸、永田町一帯の警戒を緩和した。そのため、陸海軍の予備役将官からの激励電話をはじめ、右翼団体の幹部、青年団体、日蓮宗の宗団の激励の訪問、単なる見物人等で、周辺に賑やかな時間が過ぎていった。

午後四時、陸相官邸には軍事参議官のうち、真崎と西と阿部の三人しか集まらなかった。決起部隊側は野中、村中、磯部、栗原らを除く十二名が参加した。

「頼られるのはありがたいが」と、真崎は言った。「決起部隊が現位置を撤去して連隊に帰ってくれなければ、どんな話もだめだ。内閣などとんでもない。どうしても錦の御旗に反抗しようというのなら、自分の手で君たちを討伐することになるよ?」

真崎は天皇の意志の堅さと情勢の行き着く先を見極めて、昨日とは別人に豹変していた。結局、決起部隊側は真崎に一任することになり、歩一への原隊復帰に同意した。真崎は喜び勇んで偕行社へ帰り、安堵して夕食を摂った。

秩父宮の乗った列車は走り続けた。新潟県の長岡を午前十時二十分に出発、午後一時に着いた群馬県の水上駅で、東京帝大の平泉澄(きよし)教授が乗り込み、教え子・秩父宮のお供をした。平泉は建武中興を専門にしている歴史家で、秩父宮も信頼を置いている恩師だった。平泉は、親政天皇の新しい姿も必要に応じ遠望はするが、とにもかくにも陛下を助けて、まずは国体に許されざる騒動を無事終息させるように助言した。秩父宮は毅然として、すべて天皇の英断に俟つべき、と応えた。

沼田駅では、歩兵十五連隊の兵士十名が、熊谷駅では、陸相代理と参謀次長代理が乗り込んできた。秩父宮が決起将校に合流あるいは拉致されないよう、その予防のための行動だった。埼玉県の大宮駅では、戒厳司令官代理と木戸が差し向けた岩波宮内省総務課長が乗り込んで出迎えた。午後四時五十九分、列車は上野駅に着いた。駅には近衛師団歩兵第一連隊の兵士が待機していた。ただちに軍の車で参内し、高松宮と内密に会見、引きつづき陛下に拝謁し、会食した。この会食には皇后も呼ばれた。

この夜、木戸は秩父宮にお願いした。

「青山の秩父宮邸は安全ではないので、皇居にご滞在くださるように」


二十七日の夜九時近く、村中孝次が着替えが身近になかったので軍服姿のまま密かに北邸を訪ねてきた。決起以来食事をしていなかったので、夕食を呼ばれたくて来訪したのだった。邸には西田のほかに亀川哲也がいた。

亀川はこの日の未明に、帝国ホテルに呼び出されたと話した。満井左吉、橋本欣五郎、石原莞爾らが帝国ホテルの真っ暗なロビーにいた。山本英輔海軍大将の内閣首班の線で、山本英輔に工作してみてくれないかと、依頼されたというのであった。

この亀川の話を聞きながら、出された夕食をがっついて食べていた村中も、「実はじぶんも満井中佐に帝国ホテルに呼び出されたんです」と、話し出した。「行ってみると、中佐と亀川がいたんです。中佐が言うには、外部の情況が悲観的だから、部隊を歩一まで撤退させてくれ、ということなんです」

村中がそれに納得して陸相官邸に戻って磯部、香田、野中、坂井らに諮ると、猛反対となり激論となったが、それから小藤指揮下に入ったのであった。決起部隊への給養は、この日の夕食からその全部を歩一が担当することになった。

俯いたままじっと話に耳を傾けていた西田は、怒鳴り始めた。

「原隊復帰など以てのほかだ。真崎首班以外ありえないのだ。若殿たちが実力で占拠しているからこそ発言力も効いてくるのだ。山本首班など論外だ」

「内閣はともかく、天皇ごじしんが反対されておられますから」と、亀川が無気になって反論した。「決起者たちは慎重の上にも慎重を期さなければならないでしょう?」

「そんな馬鹿な。まったくのでたらめだ」と、こんどは村中が気色ばんで言った。「われわれの目的は、陸軍大臣によって承認され、天聴に達しているのだよ!」

亀川は謹聴していたが、やがて項垂れてしまった。

「できるだけ、現位置に留まっていればいい」と、北一輝が言った。「そのうち、形勢がだんだん好転するはずだ」

村中は身を正し、北一輝に向かって訊いた。

「真崎内閣ができると確実に決まったら、原隊復帰してもいいのではないでしょうか?」

北一輝は腕を組み、深く溜め息をついた。もしそれが実現するなら、と北一輝は考えた。「正義」の一斑は認められたに等しい。真崎も青年将校たちを見殺しにするようなことはないだろう。この決起で望みうる半分だけの成功を意味する。惨めな敗残者にはならなくてすむだろう。

「阿部や西の支持だけで、真崎内閣が実現するかね?」と、北一輝が訊いた。

「やってみなければ分りません」と村中は自信なさげに言った。「原隊復帰するとしても、真崎内閣が確実にできると決まってからです。できないというのであれば、これはもう、どこまでも抵抗するしかありませんが……」

北一輝は腕を組み、深く溜め息をついた。

「君らが」と、北一輝は硬い表情で言った。「君らが成算あって立ち上がったのだから、ここまでくれば、自分らの方寸でやる以外ないだろう。ね、君、そうでしょう?」

村中は釈然としない面持ちで帰っていった。その後ろ姿は、いかにも頼り無げだった。

陸軍は二十七日の夜までに、次の部隊を動員した。近衛師団下の輜重兵大隊、歩兵第一および第二連隊、第一師団下工兵大隊、在京部隊、第一師団下歩兵大四十九連隊(甲府)・五十七連隊(佐倉)、宇都宮第十四師団の招致部隊である。総勢約二万四千名の隊員だった。海軍では、横須賀鎮守府警備戦隊と防備隊、特別陸戦隊で、戦艦長門を含む連合艦隊下第一艦隊の砲門を東京市街へむける予定になっていた。

二十七日の夜、決起部隊は山王ホテルと幸楽で食事を摂り、原隊に戻った。幸楽では酒で歓待してくれたので、兵士たちは喜んだ。幸楽の周辺には、青年将校たちの決起を支持する群集や野次馬が大勢集まっていた。香田は山王ホテルが組閣本部になるかもしれない、と語った。

その幸楽の安藤輝三宛に一本の電話がかかってきた。呼び出されて受話器を取ったが、幸楽の外の騒がしい音が響いてきて、聞きづらかった。輜重隊の車輌の音だった。

――もしもし。どなたですか?

――きた。

――えっ?

――きた。

――えっ?

――きただよ。

――傍が騒がしすぎて、聞こえないんですがね。

よく聞こえなかったのは事実だった。しかし、よく聞こえないとはいえ、年に似ず押しの強い元気ないつもの北一輝の声音と違って、やや低めの柔和な声だったことも、北一輝と特定できなかった理由であった。「順調に行っているか?」というので「順調だ」と答えた。

――金は要らんかね?

――えっ?

――金、金。

――なんですか？　金ですか？

――金、金、まる、まる、金はいらんかね？

――まるですか。まるは大丈夫です。

――心配ないね。ぢゃあ。

それで電話は切れた。

安藤は、ほんとうにあの北先生だったのだろうかと思いつつ、なんとも煮え切らない気持ちで持ち場に戻った。ここで金の話が出るというのが、どうにも腑に落ちなかった。一カ月も籠城しているといった事態ならともかく、決起から二日目に入ったばかりなのだ。また、結集している部隊の兵力を訊かれたことは、もっと合点がいかなかった。戒厳司令部ならば、こちらの兵力はどうしても把握しておきたかろうが、北一輝が把握してなんになるというのか。ひょっとするとこれは、別人だったにちがいない。つまり、偽電話ということだ。

この通話のレコード盤記録は、戦後になって発見された数多くの記録盤の一枚であるが、当時は録音機器の発明もあって、戒厳司令部はあちこちで傍受盗聴を繰り返し、取締りに活用していた。北邸はもちろんだが、首相官邸、皇道派陸軍大将、その家族、シンパ、さらには政財界人、官界の要人、外国大使館、皇族関係者まで、その対象だった。この安藤の盗聴盤には「二十八日午後十一時五十分頃」と記載されていたが、この刻限には北一輝はとうに拘束されていたから、二十七日の誤記だった可能性もある。いずれにせよ、会話内容からして、北一輝本人ではなかった、さらには、北一輝をこの事件に巻き込むための証拠物件にしようという陰謀、と考えるのが最も納得のゆく推論であろう。

翌二十八日午前五時八分、「戒厳司令官は、三宅坂付近を占拠している将校以下を、速やかに各所属部隊の隷下に復帰させるように」という、奉勅命令が下された。戒厳司令官・香椎浩平は、第一師団長・堀丈夫中将に決起側の撤収を発令した。が、小藤恵大佐に握りつぶされ、武力鎮圧につながる奉勅命令は実施されなかった。これを知らされると、天皇は激怒した。

北一輝は事態の展開している現実とは別世界にいた。二十八日の朝、誦経が止むたびに次々とお告げがあった。「神仏が集って賞賛、賞賛」、「おおい嬉しさの余り涙込み上げか　大山」、「義軍、勝って兜の緒を締めよ　仙人」、ただただありがたく、涙が溢れた。仙人は常勝の宮本武蔵である。

正午前後、山下奉文が陸相官邸に姿を見せ、栗原、村中、磯部らと面談した。

「奉勅命令が出るのは、もはや時間の問題だ」と、山下は言った。「陸軍のため、責任を引き受けてもらいたい」

親皇道派の山下の言葉だけに、栗原たちにはとても重く響いた。

「大御心に逆らうな、ということだ」と、山下は語気荒く念を押した。

「つまり、自刃ということですね?」と、栗原は首を頷かせながら訊いた。

山下はいちど大きく頷いただけで、なにも言わなかった。

「陛下にお伺い申しあげた上で、もし死を賜ると言うことであれば」と、栗原が声高に言った。「将校だけは自決しよう。自決の時は、せめて勅使のご差遣を仰ごう」

山下は午後一時、川島陸相と宮中へ行き、本庄繁に勅使差遣の伝奏を依頼した。すると、天皇は意気込んで言い放った。

「自決するというなら、勝手にやればいい。勅使など以てのほかだ」

天皇の意志のありどころを知った青年将校らは、奉勅命令に従わなくてすむように、その伝達を拒否する戦術に出た。天皇を絶対君主にしようとしている青年将校が、天皇の「命令」に本気で抵抗する気になったのは、奉勅命令も奸臣の入れ知恵だ、天皇が本気で自分たちの討伐を命じるはずがない、と判断したからだが、統制派の陸軍首脳たちにとっては、皇道派討伐は願ってもない「天祐」であった。自分たちが参内して言上したかったことが、お上のほうから落ちてきたのである。

北一輝は栗原から自決の話が伝えられると、午後一時の祈願で、「大海の波打つ如し」と出た。この記述が、北一輝が昭和四年以来書き続けてきた霊告の最後を締めくくるものとなった。

北一輝は陸相官邸の村中に電話し、「自決せず、法廷闘争だ」と諭した。

午後五時前に、薩摩雄次は北邸を訪れ、階段下の居間兼客間の応接室で北一輝に会った。西田と大輝がいた。薩摩は、朝の電話で北一輝から頼まれた真崎内閣のことを、やっとつかまった電話口で海軍大将・加藤寛治にしっかり伝達したと報告した。そのあと、部屋の隅で悲愴な面もちで椅子に座っていた西田に薩摩は声をかけた。

「やあ、いかがですか。街はたいへんですよ」

「そうですか……」と、俯いたまま西田は応えた。「そんなに大騒ぎですか」

いつもの無愛想ぶりなので薩摩は気にもせず、北一輝の方に向き直ると、西田はトイレにでも立つようにひょいと黙って部屋を出ていった。北邸では、いつもだれもが自由に出入りしているので、薩摩は気にもせずそこにいた。

午後六時頃、北邸の塀に横づけされた自動車から、武装憲兵の一隊が降りてきて、千数百坪の邸宅の周囲に配備された。脇の小門から、隊長を先頭に十人ちかい憲兵が邸内に踏み込んできた。隊長は東京憲兵隊特高課長・福本亀治である。福本はすぐに大声で、北一輝の名を二、三度呼んだ。しかし、邸内はひっそりしている。福本は正面玄関から中に入ってふたたび呼んだ。すると、階段下の応接間から、北一輝がすっくと姿を現した。泰然自若としている。が、福本の顔を見ると、また応接間に引き返した。

「北さんですね?」と、福本は背後から声をかけた。「憲兵隊です。お聞きしたいことがあります。そのままご同行をお願いします」

「ご苦労様です。お伺いいたしましょう」と、北一輝は応接間で答えた。

「西田君はいないんですか?　一緒ですよね?」

「いや、西田はいません」と、北一輝は言った。「でも、ひとこと言っておきますが、西田は今度の事件とは関係ありませんよ」

眉ひとつ動かさずにそう言うと、すかさず福本は言葉を返した。

「関係があるかないかを判断するのは、こちらの仕事です」

北一輝に警戒兵をつけて、福本は邸内をくまなく捜索した。女中は一人もいなかった。二階の洋間にのすず子がひとりでベッドの蒲団のなかに横になっていた。神経痛だと言う。福本の顔をちらりと見たが、すぐ逸らした。苦悶の表情だな、と福本は思った。神仏壇をはじめ、全室をくまなく捜索した結果、分厚い大型のノートが五冊見つかった。神仏言集だった。「これが噂の神のお告げだな」と、福本はにんまりして大事そうに脇に抱えた。

いざ拘引という段階で、福本は二階のすず子に会って来いと、北一輝に言った。北一輝は二階に上がり、すず子から金をもらって財布に入れた。ついさっき、西田を裏の垣から逃がすとき、自分の持ち合わせの金をすべてやってしまって空っぽだったのだ。七時頃、北一輝は憲兵隊の車に乗せられた。二十分後には、薩摩雄次も拘引された。

夜、秩父宮は森田利八大尉を幸楽の安藤輝三のもとへ急派し、「決起した青年将校たちは、兵士を解放し、自決するように」という秩父宮個人の要請を伝えたが、安藤はこれを拒否した。「自分は楠公の心境だ」と、安藤は語った。「その昔、楠正成が天皇に対する崇高な忠誠心から幕府軍に背いたと同じに、安藤も政府軍と闘う。これが天皇を裏切ったことになるか否かの評価は、後世に委ねる」

この夜、将校たちは宮城に向かって整列し、抜刀、捧げ銃して直立し、涙ながらに君が代を斉唱した。

午後十一時、杉山元参謀次長の主張で討伐命令が下りた。午前零時、戒厳司令部は攻撃開始を二十九日午前九時と決定した。

二十九日未明、決起部隊は包囲軍にそなえて、栗原は首相官邸、野中は新国会議事堂、安藤と丹生は山王ホテルにそれぞれ布陣した。幸楽の建物は木造で銃撃に弱かったため、山王ホテルへ移ったのである。

午前八時ごろから三機の飛行機が威嚇飛行し、ビラを撒布した。「今からでも遅くないから原隊へ帰れ」という文面の『下士官兵に告ぐ』ビラだった。

午前九時、戦車を先頭に攻撃前進がはじまると、首相官邸の中橋隊が帰順、次々と戦意を喪失し、帰順していった。断固抗戦の姿勢をとったのは安藤隊だけだった。正午までに、下士官兵は全員原隊に復帰した。

このころ、福本亀治憲兵隊司令官は、山下奉文少将の命で渋川善助に決起の動機をメモさせていた。青年将校ら全員が自決してしまったら、行動の真意が不明になってしまうから、という理由だった。渋川は意気込んで書いた。

(一)元老、重臣、軍閥、官僚ら、大権の尊厳を軽んじている特権階級を打倒して、国体の真姿顕現を目指した行動だった。

(二)これらの妖雲を払いのけることは、大御心に副い奉ることになると信じている。

(三)歴史的使命によって昭和維新を目指していた。

(四)この事件で大御心を悩ませたりはしていない。

（五）奉勅命令が出たというが、我々は見ていない。
（六）維新断行の目的は、一君万民の皇国本然の真姿を顕現することなのだ。
（七）一同は、昭和維新が顕現した暁に死をもってお詫びしても遅くはないと思っている。
など、几帳面に動機を列記していた。そして、そのメモを受け取ると、福本は自分の手でメモの最終項目の次に、「(八)各自が北一輝の『改造法案』の小型版を図嚢に携帯していたが、本の内容どおりの政治体制を実現するために決起したものである」と書き込んだ。小型版など、現実にはどこにも存在しなかった。

　安藤は午後一時ごろ、兵士を山王ホテル正面に集め、決起を認めない奉勅命令が出されてしまったから兵士は原隊に帰れ、自分は自決によって償いをすると訴え、安藤は拳銃を抜いて首に当てたが、「中隊長殿、死なないでください」と叫びながら部下が駆け寄ってきたので、慌てて引鉄を引き、銃弾は下顎部に当たって倒れた。ただちに衛戍病院へ運ばれたが、下顎部の貫通銃創で命に別状はなかった。

　午後二時ごろ、陸軍大臣官邸にほとんどの決起将校が集まった。そこへ山下奉文、岡村寧次、石原莞爾が会いに来た。山下は自決の意志の有無を訊いた。将校たちはあると応えた。石原はかれらに軍刀と拳銃の携帯を許し、別室へ行くよう命じた。別室には白の木綿布が敷かれ、切腹の仕度が整っていた。その奥の会議室には、三十余の棺桶が置かれていたが、自分たちだけの自決を躊躇した。「自分たちが国賊なら、陸軍上層部も国賊ではないか！」。自分たちだけが自決するわけにはいかない。

自決した野中四郎以外の決起将校は全員逮捕され、渋谷区宇田川町の東京衛戍刑務所へ移送され、その夜のうちに官位を剥奪され、民間人に戻った。

午後二時過ぎ、杉山元と香椎浩平が参内拝謁して、事変一段落と奏上した。

夕方、東京朝日新聞社の電光ニュースが流れた。「全ク　チンテイ　シタ。」イギリスのある新聞の特派員は書いた。「東京の平均的な中小商店主、職人、労働者たちは、日本の中世の、幕府と薩摩による流血の抗争でも見ているような無関心さで、決起部隊を傍観していた」

矢次一夫は二十六日の午後から、仲間を伴って現場を視察したり、将校たちが占拠地で行っている決起に理解を求める演説に耳をかしたりしていたが、三月四日早朝、憲兵隊によって東京憲兵隊本部に拘引され、憲兵隊留置場に入れられた。留置場は厳重な格子の仕切りをした部屋が、三つに分かれていた。そこにはすでに、北一輝と薩摩雄次がいた。西田税はいなかったが、一週間後に亀川哲也が囚われてきた。

北一輝とは、山本唯三郎邸で食客となっていた以来の邂逅で、懐かしかった。

「お久しぶりです」と、矢次は自嘲の笑みをたたえて言った。「妙なところでお会いしましたねぇ」

北一輝も恥じらうような笑みで、格子から差し出された手で握手した。北一輝はすこしも取り乱したようすはなかった。

「こんどの事件だがね」と、北一輝は普段の声で言ってきた。「わしも西田も、まったく関わってはいないのだ」

「えっ、そうだったんですか？」と、矢次は驚いたように訊いた。「でも、青年将校たちはみんな北さんの例の本を読んでバイブルにしていたんぢゃなかったんですか？」

「まあ、そう受け取るのが、世間の常識というものだろうが、実情は違うんだなぁ……」としんみりした声で北一輝は言った。「もしもわしが指導していたら、こんなヘマはやらんよ。まず真っ先に宮城の諸門を封鎖し、天皇を擁して大権発動を断行しているさ」

「でも天皇は、そこまでされて、大権を発動しますかねぇ？」

「します。天皇には法華経を届けてあるんだ。それだけぢゃない。結婚まで取りもってやったんだ」

「そういえば、山県をとっちめたってねぇ。感謝状は届いたんですか？」

「ご成婚のお祝いに、錦絵の枕絵も届けたんだ。素晴らしい枕絵だったなあ。それだけじゃない、難波大助に銃撃された大逆事件の後から、天皇は法華経を読むようになったと言うんだ。これがなにを意味しているか、君に分かるかね？」

「北さんを信頼しはじめたって、ことですかねえ？」と、矢次はさりげなく言った。「でも、難波の事件なんて、関東大震災の頃の昔の話じゃありませんか」

「どうしてもだめなら……」

北一輝は胡座したまま、右肘を持ち上げて銃を構えるような仕草をした。

「やっぱりね。それでも、大権発動には違えねぇ」

矢次はまんざらでもない顔つきで頷いた。

「わしはねぇ」と北一輝はしみじみと言った。「私学校の生徒たちにかつがれて、城山で野垂れ死にし、あげくの果てに、上野の森で乞食の親分のような格好で立たされている、西郷のような馬鹿ではないんだ」

矢次ははんと合点した。北一輝はおそらく、青年将校たちに宮城封鎖を反対されたのに違いない。だが、そこからが西郷とは違うところで、北一輝は毅然とした態度で青年将校たちとは袂を分かち、行動を共にしなかったのに違いない。矢次は感心した。

憲兵隊による北一輝の取調べは三月二日から始まったが、呼ばれないときは、日課の法華経の読誦を止めることはなかった。

三月十二日、矢次は釈放されることになり、北一輝に挨拶した。

「北さん、ぼくはいまから帰ります。それぢゃあ、お元気で」

「そりゃあ良かった」と、北一輝は我がことのように喜んで言った。「わしも間もなく出られると思うから、出たらゆっくり会いたいねぇ」

「ところで北さん。奥さんと連れ添って何年になります?」

「かれこれ、二十五年かな? それがどうかしたかね?」

「それにしても、よくも長い間、奥さん、辛抱していますねぇ」

矢次が皮肉っぽく言ったが、北一輝は呆気にとられた顔をしていた。

「なんだ、辛抱とは?」

「北さんのいびきですよ、いびき。雷鳴があっちでもこっちでも響き渡るような凄さでねぇ。いったん遠ざかったと思っていると、すぐ側で突然ごろごろですからねぇ。毎晩、しかも寝てから朝方まで、ずうーっとですからね」

「それは間違っとる」

「いえ、間違ってはございません。ぼくはここ十日ばかり寝不足気味ですよ、ほんとに」

「いや、寝不足どころか、かえってよく眠れたはずだ。女房がね、わしのいびきがないと安心して眠れない、と言っているくらいだからねぇ」

「ぼくは北さんの女房ぢゃないんです」

「男というものは、いかにいろんな女と浮気をしても、女房がいちばんだねぇ」

矢次は呆れかえって首を竦めたが、ふたりは笑いながら別れた。矢次には、たとえその場の冗談にしても、北一輝の口から「浮気」などという言葉を聴こうとは夢にも思っていなかったから、ちょっとした驚きだったのだ。

三月一日、陸軍次官・古荘幹郎の名で、「事件に関する件」と題した通達が出された。それには、「今次の不法出動部隊（者）を叛乱軍と称することとす」となっていた。

三月四日、上京した西園寺公望は、義弟の死によって命拾いした岡田首相の次期首班に近衛文麿を推薦したが、皇道派に同情的だった本人が辞退したため、広田弘毅を推挙、天皇は広田に組閣を命じた。この日、西田の弟子・赤沢泰助の懇請でかくまってもらっていた渋谷区の男爵・角田猛邸にいた西田は、警視庁巡査に検挙されて東京憲兵隊に送致された。

この四日、枢密院で可決された《特設軍法会議を設置する法令》は、天皇の心からの要望で緊急勅令により実現したものであり、天皇はすっかり満足して署名した。

特設軍法会議とは、戦地または戒厳地域に設けられ、非公開、敏速、弁護人なし、控訴なし、という厳しい条件が規定されていた。この裁判は軍事法廷であり、裁かれるのが軍人なら問題はなかったのだが、被疑者の中に民間人が含まれており、特設規定の条件が、明治憲法の定めた《手続的正義》の精神を、蹂躙してしまうことになっていた。五・一五事件の裁判でも、民間人は軍人とは別の通常の裁判所で裁かれている。明治憲法を重視していた昭和天皇だが、このことにはまったく認識が及んでいなかった。司法大臣の小原直らは、民間人への軍法適用に反対したが、鶴の一声を盾にした軍の態度を覆すことはできなかった。「民間人の首魁が軍人勢を使嗾した」という擬装判決に導くためには、なにがなんでも、同じ公判廷でなければならなかったのである。この会議の長官は寺内寿一陸軍大将、次官は梅津美治郎中将で、参謀本部中心の省部が完全に軍内を押さえ込んだ政治裁判だった。

千四百八十三人全員の取調べがあり、そのうち百二十三人が起訴された。その内訳は、青年将校二十一人のうち野中と河野の自決で残り十九人、下士官七十五人、兵士十九人、民間人十人であった。

九　暗黒裁判

昭和十一年三月九日、広田弘毅内閣が成立し、組閣が始まった。陸軍大臣に寺内寿一大将が就いた。外相に吉田茂を予定していたが、自由主義的色彩を帯びているとして寺内が反対したため、広田はしぶしぶ自分が兼任した。五月には、昭和六年に廃止された軍部大臣の現役武官制が復活した。こうして、軍部が内閣の死命を左右できる体制が、制度的に保障されることになった。

二月二十六日、佐渡出身の有田八郎は、駐華大使として上海に着いた。三月初旬に南京に到着、三月中旬から三回にわたり中華民国外交部長の張群と会談した。が、進展はなにもなかった。

三月から秋にかけて、陸軍省軍務課・武藤章中佐と参謀本部第二課長・石原莞爾大佐を中心に粛軍人事が進められ、真崎甚三郎、荒木貞夫、本庄繁、堀丈夫、香椎浩平、小藤恵らをはじめ、皇道派の面々が予備役となった。

憲兵隊による北一輝への取調べは、三月二日から四月十七日まで七回に及んだ。また、警視庁による事情聴取は、三月十七日から二十一日にかけ五回行われたが、警視庁の取調べは苛酷を極めた。特高主任の大橋秀雄によって「北一輝がこの事件の首魁だ」と報告され、それが「陸軍首脳の結論」だと周知徹底されていたため、青年将校たちの指導をあっさり否定した北一輝を、なにがなんでも翻意させなければと、必死になって苦闘したのである。皮のスリッパが二十回も三十回も飛んできて頰を張った。それでも、北一輝は頑として指導を否定した。北一輝の顔は紫色に腫れあがり、まるで別人になっていた。それでも容赦なくスリッパは飛んできた。やがて、周りに血飛沫(ちしぶき)がまき散らされ、そこでやっとスリッパは飛んでこなくなった。

将校グループ二十三名の第一回公判は、四月二十八日、裁判長・石本寅三大佐の下で始まった。法廷は、代々木練兵場の東京陸軍軍法会議法廷で、急ごしらえされた木造トタン葺きのバラックだった。

決起側が反論した論点は、戒厳司令部の命令で決起部隊が警備軍に編入され、決起行動が正式に認められたこと、奉勅命令は伝達されていなかったこと、この二点であった。検察当局は、事件を陸軍刑法第二十五条の《叛乱罪》と見た。叛乱罪の構成要件は、党を結び、兵器を執り、叛乱を為すこと、である。行為の動機は、公憤・私憤を問わず、兵営を出た時点から《叛乱》と認めるもので、叛乱は大逆ではない。したがって、将校グループは《天皇の逆徒》として裁かれたのではなかった。

公判は六月四日まで二十三回に及び、最終日に論告求刑があり、午後、被告たちは最終陳述にはいった。香田、安藤、村中、磯部、渋川ら青年将校たちは、陳述した。竹島、対馬、中橋、丹生、坂井らもすべて陳述を終えた。特権階級打倒が決起の意図だった、裁判の不当性、北・西田の『日本改造法案』と決起はまったく関係がない、純真にして純忠な自分たちの精神が根底から蹂躙された、無限の怨みを抱いて死にゆくなどなど、次々と陳述された。

栗原安秀の陳述は、約二時間に及んだ。

「われわれは天命を知り、従容として刑に服するのではありません。万斛の怨みを呑み、怒りを含んで斃れるのです。わが魂魄は、この地にとどまって悪鬼羅刹となり、わが敵を馮殺したいのです。陰雨に被われれば、鬼は啾々と哭いて鬼火が燃え上がるだろう。これが悪霊となった私です。……私は決して瞑しません。成仏もしません。同志よ、私を虐殺した幕僚を惨殺せよ。かれらの流血をもって、わが頸血と取りかえよ。かれらの糞頭を私の霊前に供えよ。私の吐いた血によって、かれらの墓標としてくれよう。霊魂永遠に存す。栗原死すとも維新は死せず」

判決が下りたのは、相沢三郎処刑の二日後、七月五日の二十四回公判であった。首魁につき死刑と裁断されたのは、安藤輝三、栗原安秀、村中孝次、磯部浅一、香田清貞の五名であった。竹島継夫、対馬勝雄、中橋基明の三名は、謀議参与での死刑と裁断された。渋川善助、坂井直ら八名は、群衆指揮により死刑と裁断された。さらに五名が群衆指揮で無期禁固と裁断され、諸般の職務従事で禁固十年と禁固四年が各一名だった。

陸軍の東京衛戍刑務所は、渋谷の宇田川町にあった。代々木練兵場で演習をしている将校や下士官兵には、刑務所の高い塀が遠望できた。拘置監房は五つあり、北一輝もこのどこかにいるはずで、法華経の大きな誦経の声が、午前中と午後にいつも響いていた。その北一輝が一時、急性腎不全に陥っていたことは、他の監房の人は誰も知らなかった。

七月十二日、風はなく、どんよりした曇りの朝、二・二六事件青年将校の処刑が執行された。代々木練兵場では、撹乱のためにさかんに空砲が撃たれていた。二機の飛行機が実砲音を打ち消そうと、低空飛行を繰りかえしていた。

第一回の処刑予定者である香田、安藤、栗原、対馬、竹島の五人がカーキ色の夏外被を着用、香田を先頭に刑場に到着し、浴場の蔭で目隠しされ、両腕を看守に支えられていた。彼らはすでに五時四十分に、刑執行言渡所で執行の宣告を受けていた。

「天皇陛下万歳」が刑場に三度響き渡り、安藤だけが「秩父宮殿下万歳」を加えると、掘られた壕の十字架の前に正座させられ、看守によって頭部と両腕をしっかりと十字架に縛りつけられた。午前七時、刑務所長の合図で銃が火を噴いた。第二回は七時五十四分、第三回は八時三十分で、同志は全員絶命した。渋川は「天皇陛下万歳」の後、「国民よ、皇軍を信じるな」と絶叫した。

その日、練兵場から一歩外へ出ると、東京市内の街角には、まったく別の世界が広がっていた。街角のどこを通りかかっても、六月にテイチクから発売されて大ヒットしていた歌謡曲《東京ラプソディ》の歌声が流れてきた。花咲き花散る宵に、銀座の柳の下で待ち合わせ、ティールームに入って語り合う恋人たちに、夢のようなパラダイスの時間が流れてゆく。歌手はビクターからテイチクに移籍したばかりの藤山一郎で、軽快なメロディーに乗って、想い想われている恋人同士が、互いに信じきった永遠の愛を歌いあげていた。束の間であれ、時代閉塞状況の世相に風穴を穿つごとくに、心に光を注いでくれる歌だった。

皇道派の斎藤瀏の娘で歌人の斎藤史は、父の北海道時代に栗原安秀と親しくしていたが、この処刑の後で歌を詠んだ。

額(ぬか)の真中(まなか)に弾丸(たま)をうけたるおもかげの立居(たちい)に憑(つ)きて夏のおどろや
あかつきのどよみに答へ嘯(うそぶ)きし天(あめ)のけものら須臾(しゅゆ)にして消ゆ
御裁きに死にしいのちを思ふとき夏草の陽にくるめき伏しぬ

青年将校たちが処刑された日の夕方六時、ラヂオが刑執行を報じると、中野桃園の北一輝邸に三々五々、関係者が集まってきた。昤吉夫妻、昌夫妻をはじめ、岩田富美夫、寺田稲次郎、薩摩雄次夫妻、西田税夫人・初子らである。応接間のテーブルを囲むようにみんな集まったが、そこには不安げな表情の大輝の姿もあった。だれもが打ちのめされ、衝撃を露わにしていた。沈痛な空気が、重々しく部屋中に立ちこめていた。

「二人も、死刑になるでしょうか?」と、初子はだれにともなく訊いた。

西田と北一輝のことを訊いているのだった。北一輝が死刑なら西田税も死刑であろうが、二人とも民間人だから、青年将校たちとは区別されそうな気がしたのだった。

「まだ、希望は捨ててはいけないですよ」と、薩摩雄次が言った。

「そうですよ。勝手に決めつけない方がいいわ」と、薩摩夫人が応じた。

「幸徳秋水の大逆事件と違って」と、寺田が言った。「天皇陛下から『多すぎる』の言葉はなかったな」

「これが、陛下御自身のお望みだからね」と玲吉は勿体ぶって言った。

「お父さんはなにもしていませんよ」と、大輝が恨むように言った。

「将校たちと付き合った、そのとばっちりだ」と、昤吉は吐き捨てるように言った。

「それにしても、なんという逆説だろう」と、寺田が沈んだ声で言った。「これは世界の歴史に残る不条理だぞ。青年将校たちは天皇を絶対君主にするために決起し、君側の奸を討った。だから天皇は絶対君主になることができた。つまり、現人神になられたのだ。ところが、突如誕生し、自分の絶対性に目覚めたその現人神が、なんの恩義も感じずに、現人神の絶対権限を振り回して青年将校たちを討ったのだ。こんな不条理は世界史をひもといても、どこにもないぞ。これは、青年将校たちより、統制派の国体明徴の方が一枚上手だったよ。統制派は絶対君主の絶対権力が怖いから、自分たちで絶対君主を操縦できるように仕組んでおいたんだからな。これからも思い通りに操縦できる」

このとき、神経痛で二階で寝ていたすず子が部屋に姿を見せた。

「あら、すず子さん。大丈夫?」と、初子が声をかけながら駆けよった。

すず子はゆっくりと頷いたが、よろよろとソファーにもたれかかった。

「栗原さん……もうこん世におらんたいね？……」

そう溜め息のような声で言うと、すず子はわぁーと大声で泣き伏した。初子がすぐに側に駆けよった。すず子は泣きつづけた。薩摩夫人も側に寄ってすず子の肩をさすった。

「栗原さん、きっとまだ、この辺りをうろうろしてますよ」と初子が言った。

「あるいは、宮城の辺りかな」と、寺田が言った。「昭和維新を見届けるまで、そう簡単に立ち去れるものですか。あの男のことだ、撃たれても、眼は宮城を睨んでおったにちがいない」

「二十八日の夜」と、顔を覆ったまますず子は言った。「うち、栗原さんに電話したんばい。お父さんが捕まったことを教え（おそ）ようて思って」

「通じたんですか？」と、初子が訊いた。

「だめやったとばい。でん、二十九日の明け方に、栗原さんの方から電話が来たけんばい。栗原さん、もうだめげな言うんばい。泣いてらして、絶体絶命という声やったと。うち、こうなったらしょんがなかでしょ。しっかりして、って励ましたばいら、どがんかお体ばお大事にって……」

すず子はもういちど声を挙げて泣き、しばらく泣きつづけた。大輝も心配げに側に突っ立っていたが、しばらくすると叫ぶように言った。

「よおーし、ぼくが脱獄させてやる」

周りから驚きと戦きの視線が大輝に集まった。岩田も一瞬驚きの眼を瞠ったが、しばらくすると嬉しそうに深く頷いて微笑むと、拳を勢いよく振り上げた。

「いっちょう、日大勢で、やってやろうか」

岩田も日大の出身なので、いま日大工科の学生である大輝が愛しくてならなかった。ソファーから立ち上がると、白シャツの腕をまくった。その大輝の大学入学の折あれこれ世話をしてくれた薩摩雄次も、眼を光らせた。

「国外に逃がしてやる。シベリアのチタなら土地勘があるから、おれが案内する。だれかピストルを二挺、調達してくれないか。寺田さん、持ってないですか？　それと、看守服を二着」

岩田は大正十年頃、ソヴィエト連邦を偵察に出かけたが当局に捕まり、チタ監獄に収容されていたことがあったのである。この折、旅費をねだったが出してくれない北一輝に圧力をかけようと、猶存社の入っていた山本唯三郎の邸宅で、天井に向けて威嚇のピストルを何発も発射したのだった。

「おまえ、ピストルくらい持っとらんのか？」と、寺田が呆れ声で言った。

「一ダースほど笠木に預けてあったんだ」と岩田は不満げにこぼした。「ところが笠木のやつ、自宅の火事でみんなパーにしちまった、まったく。去年の正月に大化会に入った許斐(このみ)氏利と吉田彦太郎が、おれのコルトを一挺づつもっとるが、最近転居して連絡もよこさない」

「お父さんを、なんとしても助けないと」と、大輝が悲痛な声で言った。「ほんとにいいお父さんだった。自尊心は半端じゃなかったけど、ぼくの自尊心も絶対大事にするお父さんだった」

この大輝の言葉に、すず子の泣き声がいっそう大きくなった。

「よさんか」と、畤吉が厳しい声で制した。「そんなことができるもんか」

「助けたくないのか?」と、岩田は床をどすんと足で威嚇して言った。「先生はまったくの濡れ衣だぜ。相手が陸軍だろうと国家だろうと、無辜の民がむざむざと殺されてたまるかってんだ。それは絶対、天が許さねぇ」

「国会で訴えてよ」と言って、大輝は拝む仕草をした。「ねえ、叔父さん、帝国議会で糾弾してよ」

「ほんとですたい」と、すず子は泣き声で言った。「国会で追及して。たまには、うちらのために力になってくらんしゃい」

「すず子さんまでこうくる。まるでわしが、日ごろ何もしていないみたいだ」と、畤吉は渋面をつくった。「実はねぇ。二・二六事件の暴露演説をしようと、選挙後初めて招集された帝国議会に、草稿まで用意して登院したんだ。そして、いよいよ登壇五分前だというとき、慌てて私のところへ跳んできたものがおり、もし暴露演説をしたら、北一輝は即刻銃殺だぞ、と脅すんだ」

「国会でなにを暴露するつもりだったの?」と、昌が畤吉に訊いた。

「なにをったって、省部の陸軍首脳が立案した決起だったたってことだ」

「えっ、まさか」と、昌が頓狂な声で言った。「それぢゃあ、自分の起こした事件を、他人事みたいに自分で裁いてるわけ?」

「だから問題ありと言っとるだろう。半可通は黙っておれ」

晗吉の剣幕に、昌は黙った。

「だれですか、そんなことを言ったやつは?」と、岩田が訊いた。

「ことがことだけに、名前は明かすわけにはいかない」と応えて、晗吉は眼をそらした。

「でも、発言しなくてよかったぜ」と、岩田は深く頷いて言った。「北議員がそんな告発をしたら、先生より先に、あんたが即刻銃殺だったたね」

晗吉は驚愕して眼を伏せた。それまで一言も口を開かなかった晗吉夫人が、機嫌を損ねてふんと顔を背け、床を叩くような足取りで部屋を出て行った。周囲にいやな空気が漂い、しばらく沈黙がつづいた。

「でも、おおむね、晗吉先生の言われるのが正しいんです。省部の連中も、同じことを考えてはいたんです」と、寺田が弁護するように言った。「ただ、軍法会議で民間人を処罰するという暴挙は、先進諸国のどこもやった国はないんです。三権分立という見地からは、これは大いに問題のある部分なんですが、わが帝国憲法は、三権分立が曖昧ですから」

「陛下に逆らってはいけないんだ」と、晗吉は高圧的に言った。「兄貴だって、陛下に逆らう寸前まで行ってたんだ。こんなことは想定していたはずだ」

「なら、死刑で当然て言うわけね?」と、すず子は憤然として言い返した。

「当然だなんて、だれも言っとらん」と、玲吉は言い返した。「揚げ足を取るんぢゃない!

ゲーリング、ほら、おまえの力でなんとかせんか」

ゲーリングと呼ばれた寺田は、戸惑うばかりだった。玲吉がヒトラーを目指すなら、ゲーリングが必要だろうということで、寺田に綽名が付けられていたのだった。

すず子は女中を呼んで、酒を運ばせた。ムツら三人の女中が数本の一升瓶やお猪口やコップを運んできた。岩田は待ちかねていたように栓を抜くと、コップにだくだくと注いだ。すぐに大口を開け、コップ一杯をごくりと飲み干し、すぐもう一杯も飲み干した。これが岩田のいつもの癖で、北一輝に「アンコウ」という綽名を貰っていた。

「すず子さん」と言いながら、岩田は女中にコップを差し出した。「今晩は、ここに泊めてもらいますよ？　いいですね？」

「そうしてもらゆっと、うちも心強いわ」

「私たちもいいかしら？」と、薩摩夫人が訊いた。

「もちろんばい。初子さんも泊まって行ってくれん？　お願いよ」

「もちろん、泊めてもらいます。家に帰っても、だれもいませんもの」

初子は淋しそうに微笑んだ。

「いまこそ、大化会の実力の見せ場ぢゃないか？」と、寺田が言った。「やまと新聞の会員にだって、協力者はいるだろう」

「見ててください、やりますぜ。目にものを見せてくれる」

岩田はそう言って、立てつづけに二杯飲み干した。

この夜、すず子はひとりで自分のベッドで寝たが、涙は涸れ果てていた。北一輝との思い出が走馬燈のごとく浮かんできて眠れなかった。上海のフランス居留地で北一輝にプロポーズされた部屋にあった、煙草の吸い殻が山のように入った灰皿、大輝が初めて「父(おと)」と話し出した日の北一輝の跳びあがらんばかりの喜びよう、北一輝を心から信頼していた七尺も背のある宋教仁の示してくれた日本人への親愛の情、暗殺された宋教仁が息を引き取った夜の病院に響いた同志たちの号泣、北一輝らが担いだその棺がすず子のいたホテルの玄関先で佇立したときの黙礼……。

この夏は、ひとしお暑い夏になった。

北一輝はじぶんの身を斬り刻まれる思いで若殿たちの処刑の話を聞いた。若殿たちの夢見た一視同仁の絶対君主の擁立そのものが、錯誤だったのだ。天皇は自分の意向だけでいつでも絶対君主になれるのだから、財閥問題や地主問題への対策を審議する会議の招集なども、その発想さえあれば天皇は命じることができたはずなのだ。しかし、それはなかった。あるいは、テロを怖れていたのか。それは十分ありうる話だ。が、テロには事前にいろいろ予防の手立てはあるはずだ。なにしろ大元帥なのだから。そうではなく、天皇にそのような問題意識が、もともと皆無だったのにちがいない。かれらにもそのような問題意識はなかった。かれらの恋闕(れんけつ)が、すべてを曇らせてしまったのだ。

かれらの到達点は自分の到達点とは異なっていたものの、人間としての彼らへの感情移入は、ほとんど熱い愛情そのものだった。だからある日、末松太平がふと漏らした「ボーイズ・ビィー・アンビシャス」という言葉を思い出したときは、胸の奥深くを切り裂くような疼きが走った。あの日、末松が西田に話していたのを立ち聞きしていて、自分の誘導に若殿たちが乗ってきたことに、ほくそ笑んだのだ。

「青年将校たちの決起を煽動したのは、私だったのだ」と心に呟いた。「青年将校たちに宮城を占拠させるために決起を唆していたのだ。『待て、待て』と制していたのは、かれらが宮城占拠に同意するまでの、時間稼ぎだったのだ。すべてが、私の革命の都合だった。しかし、青年将校たちは、私が点けた火に燃えあがり、結局、じぶんで勝手に燃え広がってどこまでも狂狷となり、私から離れていってしまった。しかし、火を点けたのは私なのだ」

「とすると」と、北一輝は思案を巡らした。「もし万が一にでも、私が死刑を免じられることになった場合には、自分で自分の命を絶つべきではないか。自分は自殺すべきだ。たしか、孟子はこう言った。賢人であれ凡人であれ、人間には心がある。人間には生命以上に望むもの、義があり、死以上に憎み嫌うもの、不義がある、と。生命よりも大事にすべきもの、それが《義》の貫徹なのだ。義に殉じるべきである。私は自殺しなければならない」

死刑を宣告された磯部浅一は、同じく死刑の村中孝次とともに、北・西田の裁判審議の証人として処刑を伸ばされていたが、磯部は長い長い獄中手記を認めていた。

「……北一輝先生は、近代日本の生んだ唯一最大の偉人だ。日本改造法案大綱は、絶対の真理だ」と吠えた。また、「陛下、日本は天皇の独裁国であってはなりません。重臣、元老、貴族の独裁国であるも断じて許せません。明治以後の日本は、天皇を政治的中心とした一君と万民との一体的立憲国、近代的民主国であります」と訴えた。そして、「天皇陛下、陛下が私どもの挙をお聞きあそばして『日本もロシアのようになりましたね』と側近に言われたと聞いて、私は数日間、気が狂いました。青年将校の思想行動はロシア革命派のそれではありません。私は怒髪天を衝く怒りに燃えています。私はいま、陛下をお叱り申し上げるところにまで精神が高まりました。天皇陛下、なんというご失政でありますか。なんというザマです。皇祖皇宗にお謝りなされませ」と怒った。

北一輝ら三人の第一回公判は、十月一日に開かれた。裁判長は陸軍少将吉田悳（めぐむ）で、裁判官には四人の陸軍大佐・中佐がいた。

検察官は、公訴事実を読みあげると、各被告の意見を求めた。

「私は」と北一輝は言った。「日本改造法案大綱のとおりに国家を改造させようと、青年将校を指導したことはありません」

「青年将校は」と西田は言った。「日本改造法案大綱を実現するために決起したのではありません。また、自分は、決起を制止しましたが、それを煽動したことはありません」

「私は」と亀川は言った。「自分の出版した経済案を実施しようと考えたことはありません。反乱者と協議とか謀議とか、いちども左様なことはありません」

第二回公判は翌二日に開廷した。この日、北一輝は、日本改造法案大綱が国体にそぐわない矯激なる不逞思想であり、憲法停止は憲法の否認であると指弾しつづける法務官に対し、徹底的な反論を試みていた。

「今上陛下ごじしんが、天皇大権によって明治大帝の欽定された憲法を、あくまで国家非常事態のさい、国家を改造しているあいだだけ、ひととき憲法を停止するだけなのです。その結果、永遠の安全な国家が実現するのです。この行為は、なんら国体に反することではございません。ところが法務官殿にあっては、憲法の停止が、なにがなんでも憲法否認でなければならないのです。道理が通らなくても、不合理でも屁理屈でもなんでもいいのです。なぜならば、なにがなんでも私を極刑にすることが、裁判審議前から陸軍首脳部が決めていた結論だからです」

公判が重なるにつれ、北一輝は疲労困憊状態に陥っていた。が、最後の力を振り絞って言った。

「私は極刑にされることを覚悟しました。……大宇宙の真実、天意という観点から見れば、改造案は絶対に不逞思想ではありません。あえて言えば、歴史の必然であります。……最後に率直に感想を述べますと、この公判で自分は朝鮮人になったような気がいたしました。これは日本人が朝鮮人を取り扱うときのやり方そのものでした」

第十二回公判は十月二十二日の午前九時に開廷し、論告求刑が行われた。

検察官の論告では、犯罪事実が仔細に読みあげられた。北一輝の神仏のお告げも、お告げのあった実際の日から青年将校らが蹶起を決めた日にまで勝手に繰り上げられ、青年将校を決起に煽動するために使ったとされた。論告は十一時三十分に終わり、求刑があった。

「被告北輝次郎、西田税に対しては死刑を求刑す。亀川哲也に対しては禁固十五年を求刑す」

裁判官は被告たちに最終陳述させた。

北一輝は述べた。「まことにご道理あるご論告で、神様のお情けであると感謝しております。以前より、死を賜りたいと念願しており、またすでに亡くなった決起将校に対してもまことに申し訳ないと思っておりました」

そして最後に、「私の思想が不逞矯激であるという点、『日本改造法案大綱』が国体破壊であるという点、並びに今回の決起が同法案大綱に則って実行されたという点、この三点だけはまったく真実ではありません。この三点を判決書から削除していただきたく、特に申し上げておきます」と締めくくった。

西田は述べた。「私も死刑の論告をお請け致します」とし、「決起した青年将校は去る七月十二日、君が代を合唱し、天皇陛下万歳を三唱して死につきました。私は彼らのこの声を聞き、半身をもぎとられたように感じました。このような苦しい人生は続けたくありませぬ」

亀川は述べた。「自分には、軍部を利用したり、青年将校らを売ったという事実はありません。しかし、ただいま検察官のご論告では、ずいぶん人格を疑われ、また、祖先までも辱められたことは、生涯忘れることはできません。論告文の大部分に承服できません」

午前十一時五十分、閉廷した。

監房に帰るとき、別れ際に西田は北一輝に声をかけた。

「先生まで巻き添えにして」と、西田は激しく慟哭しながら詫びた。「ほんとうに申し訳ありません」

慟哭はさらに激しくなり、滂沱の涙が流れ落ちた。鎖骨の浮きでた肩が激しく上下した。止めようにもどうしても止められなかった。

「心配しなくていいんだよ」と、北一輝は西田を振り返って諭すように言った。それから、今度は自分に言い聞かすように静かに呟いた。「心配ご無用」

この求刑を聞いた北一輝の母リクは、北一輝の建ててくれた杉並区和泉町の家を引き払い、佐渡の旧家に帰って行った。

この日の夜、北一輝は考えていた。自分の革命がもし実現していたら、ロシア革命どころの話ではないのだ。ロシア革命は、いずれ近いうちに破綻するはずだ。なぜなら、共産主義は、社会的存在としての個人しか認めないからだ。社会の規範内での自由しか認めず、絶対的な人間個人の自由は認めない。個人の自由がなければ、生存競争もなくなるから、社会の進化もなく、経済はうまく回転しなくなるだろう。ロシア革命政権は、いずれ経済も政治も破綻し、自由を求める反革命に呑み込まれるはずだ。これは歴史の必然である。一方、日本を見てみると、天皇をいただく長い歴史を背負った日本においては、天皇が皇位継承特権を持った国民になるという革命だけが、個人の自由、個人の主権を認める唯一の革命になるのだ。日本ではこの革命のみが、最終統合機関を創り出すことが出来、全体最適解を導き出せる革命なのだ。自分の革命は、歴史的にも、世界的にも、瞠目すべき革命になったはずなのだ。国家主義と個人主義が公共心によって統合された、共産主義ではない民主社会主義革命だ。と、叫んでみても、現段階での一つの上出来の試案というにすぎないけれども……。

求刑があってから、北一輝や西田への差し入れが許可された。また、面会も事件に触れないという条件で家庭の特別な相談事にかぎり許可されたが、すず子も初子も相談事はなかった。差し入れには、初子と大輝と北家の女中の三人で毎日通った。季節の花を添えたり、草餅をつくったりで、心の証しにした。やがて、北一輝は毎日、高価な料理や菓子、銀紙に包まれたウイスキー入りのチョコレート、輸入果物などを差し入れさせた。自分も少し食べたが、残ったと言って看守に上げるほうが多かった。看守はどれだけ豪華な差し入れでも、文句を言うことはなかった。

監房の北一輝を、西本願寺から派遣された浄土真宗の僧が教誨師として顔を見せたことがあった。このとき、北一輝は言った。

「絶対他力を説いて共産主義者を転向させ、官僚や軍部へさらっていって、共産主義の計画経済をやらせようとしたのは、おまえたちぢゃなかったかね？　わしの法華経は、そのような人非人は許さんのだよ」

それを聞くや、教誨師は逃げるように帰っていった。

監房の島野三郎のところへは、よく北一輝から質問の紙片が届いた。看守は快く配達してくれた。島野が拘束されたのは、青年将校たちとの付き合いではなく、菅波三郎が満州を去るとき、大連埠頭に相沢三郎の弟といっしょに見送りに出ていたためだった。菅波は島野と相沢の弟から餞別をもらったのだが、その金が二・二六の決起に使われたのではないかと疑われて拘束されたのである。

便所紙に歯ブラシの竹先でごく簡単に認めた質問だったが、「シマノフよ、マホメットについて語れ」と求めてきたときには、「マホメットはアラビアの親鸞である。彼は自分は罪業甚深の凡夫である、どうかアッラーの本願によって極楽往生ができますようにと祈って死んでいった」と返事した。すると、北一輝から「シマノフよ、アラビアの親鸞とは面白いね」という返事が返ってきた。島野はいつものように「シマノフ」と呼ばれて嬉しかった。

また、「マキャベリ、ホッブス、モンテスキュー、ヘーゲル、マルクスの国家観を述べよ」と質問してきたこともあった。これに一つずつ簡潔に応えてやると、「これらの国家観は、政治制度の万能薬的な力を信仰しているだけで、実際的にはまったく役に立たないものだ」と返事が来た。そこで、「政治制度がだめなら、なにが役に立つのですか？」と、逆に質問してみた。すると、「自分の心は読むが、周りの空気は読まない。こんな個人の意識の革命が役立つはずだ」と返事が来た。それで思い出したことがあった。北一輝は島野にこう語ったことがあった。「おれはゲーテなんだ。おれの学問には体系はない。おれは窮屈なシステムなんか持っていない。しかし、あらゆることに共鳴する豊かな感情を持っている」。島野はひとりで頷いた。これまでの付き合いのなかで、北一輝を窮屈に感じたことは、たしかにいちどもなかったのである。

しかし、ある日の手紙に、「この故に、私は、予言者、知者、律法学者たちをあなたがたにつかわすが、そのうちのある者を殺し、また十字架につけ、そのある者を会堂でむち打ち、また、町から町へと迫害してゆくであろう」と書かれていた。しばらくたってから、これが新約聖書のマタイ伝からの引用だと気づいた。これは報いについて書かれた章で、誤まれる行いには必ずそれを正す人神が出現すると北一輝が示唆していると気づいたのだった。島野は沈んでいた心が励まされでもしたように、力強く高揚してゆくのを覚えた。

年が明けて昭和十二年の一月十八日、地方の連隊で拘束されて東京衛戍刑務所に収監されていた青年将校への判決があった。菅波は禁固五年、大蔵、末松は禁固四年だった。同月二十五日、真崎甚三郎大将、斎藤瀏予備役少将、満井左吉中佐が、叛乱者を利したという叛乱幇助の容疑で起訴された。真崎は禁固十三年を求刑され、斎藤瀏が禁固五年、満井左吉が同三年だった。陸軍首脳部には、今回の事件で軍内部から従犯者を出すことはなんとしても避けたかったから、軍法会議で、磯部に会ったことも言葉を交わしたことも覚えがなく、磯部が嘘を言ったのだという真崎じしんの証言が覆されることはなかった。こうして証拠不十分で無罪となったのは、北一輝らが処刑された翌月である。無罪となった日の大衆紙は、真崎の正義感の欠如を怒って「魔詐欺」と揶揄した。

結審後の判決の合議は紛糾した。吉田悳裁判長は北一輝、西田を首魁と認めなかったが、裁判官陸軍法務官・伊藤章信と裁判官判士の藤室良輔・秋山徳三郎・村上宗治は首魁とした。吉田は北一輝の風貌に、柔和にして品のいい大将の風格を感じていたが、その印象に囚われたわけではなかった。北一輝の思想がどれだけ矯激で事件に影響を及ぼしたとしても、事件そのものを計画・主導したわけではないから、首魁帮助の利敵行為にすぎなく、普通刑法の従犯に該当し、主犯より刑は軽くなければならない、と吉田は考えたが、最終的に一対四の多数決となった。判決後、吉田は職を辞した。

この裁判は、伊藤裁判官が予審官も検察官も務めていることに見られるように、裁判の精神そのものが、明治憲法の三権分立による人権の精神を大きく逸脱しており、憲法の一部は停止どころか死んでしまっていたと言っても過言ではなかった。昭和天皇は、明治憲法の一時的停止という事態には、それが『改造法案』に書かれていたので強い反対意見を持っていたが、この裁判が憲法蹂躙であるとは考えてもいなかった。裁判の立件段階での事実認定で、すでに随所に予断に基づく明らかな捏造が横溢しており、この非知性主義、反合理主義はファシズムの手法そのものであったが、昭和天皇にとっては、どのような手法であれ、かれらが裁かれ処罰されることがなによりも重要だった。歴史学者の大江志乃夫は、一九七八年刊行の著書『戒厳令』のなかで、特設陸軍軍法会議を「明治憲法の自殺」と評したが、これは正鵠を射た見解である。

吉田悳は、裁判の過程で北一輝の著書を読んでいた。その内容の水準の高さに感服しながら、現実の社会における当然の定地位を得ていないのは学歴が影響していると推察しているが、吉田も日本の抱える難問の賭場口に立っていたのである。

昭和十二年（一九三七年）八月十四日、求刑から十カ月ぶりに開かれた第十三回公判で判決が下りた。「北一輝、西田税は死刑、亀川哲也無期禁固」であった。

判決主文の朗読は、約二時間近くに及んだ。北輝次郎の出自から始まり、辛亥革命への参加、『改造法案』の執筆、青年将校らとの接触へと続いてゆくが、その文脈が誘導しているのは、二・二六事件の青年将校らは、北一輝の矯激不逞な思想の影響下、決起によって三年間憲法を停止し、戒厳令下に革命政府を樹立し、私有財産・生産業を制限、皇室財産を撤廃する、北一輝の改造案そのものの実現を企てており、北、西田、亀川の三人は互いに連携してこれらの青年将校と行動を共にしていただけでなく、主導者として行動したのであり、皇軍を国家革新の具に供しようとしていたと、犯罪行為が見事に平然と体系づけて捏造されていた。

朗読が終わると、西田がなにか発言したげな気配があった。が、北一輝は無言のまま穏やかに西田を制し、二人とも裁判官に黙礼して退廷した。

十五日、廊下で磯部浅一に会った北一輝は、朗らかに声をかけた。

「磯部君、いよいよ伊勢大廟からお迎えが来たから、そろそろ、みんなで行こうぜ」

盆踊りにでも誘うようなその口調に、磯部は満面の笑顔で頭を垂れた。

「みんなでお供いたします」

北一輝は嬉しそうに掌を振った。

十六日、すず子が大輝を連れて面会にやってきた。面会許可が下りたのである。面会所に入っていくと、五寸間隔の鉄格子の向こうで、青い横縞の浴衣を着た北一輝は、すでに小机を挟んだ座席に坐って水色の渋団扇をゆっくりと動かしていた。拘束されたときとは別人のように眼光鋭く、堅太りして元気そのものであった。看守部長は席を外す素振りもなく、じっと立っていた。

「よく来てくれてありがとう。すず子よ」と言ったまま、北一輝はしばらく声を詰まらせた。「おまえには二十五年の間たいへんお世話になったな。このとおりお礼を言うぞ」

北一輝は両手をついて深々と頭を垂れた。すず子はハンカチを掌にして夫を見つめていたが、夫の瞳からは涙がぽろぽろと手の甲にこぼれつづけていた。結婚して初めて見る夫の涙だった。その瞬間、すず子はハンカチを顔に押し当てて、首を垂れて慟哭した。大輝がすず子の肩を撫でてやりながら、すず子のハンカチを取ってその涙を拭いてやった。しばらく、そのまま時間が過ぎた。

「うちらんことは」と、すず子は言った。「決して決して心配なさらんよう頼むけん。玲吉さまには、うちと大輝の二人ば頼む、とは話さないでくれんねまし。話しても面倒見てくれる人ではなかけん」

「それはよくわかっておる。玲吉という人間は、だいたい兄を利用しすぎておるのだ。素性はとうに知れておる」

「先日、新聞で発表のあったときから、なんちゃかんちゃの覚悟ば決めたばい。西田さまとあなたの霊ばお迎えすっのばい。そから、うちは尼になるつもりばいばってん、赦してくださおるか?」

「それは、おまえの思うとおりでいいだろう。生計はやっていけるか?」

「おるぐ困ることはなか。また、尼になれば、まわりからのお布施でしていけると、みんな言おると」

「私も」と、大輝が言った。「もはや大学は止めます。もう、行きたくはありません」

「それはおまえの勝手だが、なにも学校を止めることはないだろう。工科だからって機械技師になれなんて強制しているわけぢゃない。おまえにはわれわれ夫婦は、子どものときから、厳しいことを一言も言ったことはないんだ。あれこれよく熟考して、良いようにするんだ」

大輝はどうしてよいか分からないと言いたげに、ぷいと出て行った。その一瞬に北一輝は訊いた。「ところで、大輝のことは話さねばなるまいね?」

すず子は射竦められたように表情を固くし、思い詰めた表情になった。これから始まる二人だけの生活の平安のことを考えると、譚人鳳の孫であることは生涯伏せておきたかった。

「そいは話さないでくれんね」と、すず子は小声で慌てて言った。「また、明日まいっとけん」

眼を険しく光らせて、すず子は大輝の後を追っていった。

その日の午後、磯部浅一には妻の登美子と義弟が面会した。磯部は、自分はもう昨年の元気が失せて仏さまになったから、早く死んだ方がいいと話し、妻は三十分ほど話し、明日もまた来ますと言って別れた。登美子は芸者に売られたが逃げだし、磯部に匿ってもらっていて妻になった人だった。

村中孝次に面会したのは、妻の静子と義弟だった。村中は、理想をもっていたのに、すっかり水泡に帰したなぁと、いかにも無念そうに深々と歎息してから、自分の遺児を思いやった。義弟に後の面倒を頼み、三十分ほどで別れた。

西田税に面会したのは初子一人だった。

「おまえ一人か?」と、西田は怪訝そうに訊いた。

「いいえ、みんな来ていますが、私だけ先にお願いしたのです」

「まあ、死んでいくだけのことだ。こちらの言い分はなくはないが、なにぶんあれだけのことをしたのだもの、その責任はあるのだ。どうせ二、三年しかもたない弱い体だ、これがいい死に時なのだ。ぼくの骨は半分は東京の同志といっしょ、半分はお郷に送ってくれ。それから、おれの遺体は見ない方がいい。おまえへの気持は、手紙に書いておくから」

ご下賜品の銀時計と秩父宮からいただいた袴下とカウス釦を、弟の正尚に家宝として渡すよう初子に言いつけ、姉二人、弟二人、弟の妻と面会した。

十七日、北一輝は、長崎在住の甥とすず子の連れ子、北昌の妻キチ、そしてすず子と面会した。すず子を残して、みんなは最後のお別れをして立ち去った。

「それから、遺体のことだがね」と、北一輝は帰りかけていたすず子に言った。「わしの遺体は、見ない方がよい。遺体というものは汚いものでねえ。宋教仁のときもそうだったが、おまえは女だから、なおさら見るに堪えないだろう。生きていたときの顔を覚えておいてくれるのが、こちらもいちばん有難いのだ」

その日の午後には、昤吉、昌、佐渡の後藤伝兵衛弁護士が面会した。すず子、大輝も一緒だった。それから、北一輝は硬い表情になり、裁判過程での陸軍省の対応や刑務所での厚遇に触れ、死刑に異存はないので、当局を怨んだりしないように念押しした。遺族への軍の報復が恐ろしいのだとは断らなかった。

「仮に無罪放免になったとしても、自殺して連中の後を追わねばならぬと考えていたのだ。だから、死刑の判決が下ったときは、じぶんは起立して『このたびは、まことに結構な判決をしてくださって、ありがとうございました』と礼を述べたのだ。すると、判士長はじめ一同は首を垂れてしまった。判決があってから、判士長ら一同は退席し、検察官一人が残っていたので、自分は言ってやった。『おれたちは先に行って待っているから、君たちはせいぜい悪いことをしてからやって来給え』。すると、検察官はいやな顔をして黙っていたが、こんな冗談が出るくらいの心境だったのだ」

それでは、ということで、みんなは最後の別れを告げ、面会所を去った。

すず子と大輝の二人だけが残された。

「大輝」と、北一輝はしみじみと言った。「おまえほど不幸な者はないなぁ」

言い終わらないうちに涙声になっていた。

「いえ」と、大輝は決然と首を横に振って応えた。「私ほど、幸福な者はありません」

北一輝は掌を膝の上に置いたまま大輝を見つめていたが、ぽつぽつと滴っていた涙がしだいに激しくなった。それでも北一輝は涙を拭おうとしなかった。大輝も大声を上げて慟哭した。徴兵検査から二年ほどたった青年の骨っぽい肩が震えた。すず子も泣きだした。

「お父さんは」と、北一輝は涙声で言った。「おまえがたった一人でも、自尊心をもって毅然と生きてゆけるように育てたつもりだ。上司におべっかを使ったり、米つきバッタのようにぺこぺこする、情けない人間にならないように」

「だから」と、大輝も涙声で言った。「私ほど幸せな者はないのです」

北一輝は洟をすすってから言った。

「おまえに残すものはなにもないが、ただ、法華経を残しておく。佐渡から持ってきた法華経の巻物に、おまえへの遺言を書いておくから、お父さんに会いたいと思うときは、法華経を見なさい」

西田には、二人の姉と二人の弟、弟の妻と従弟が面会した。

「昔から七生報国というけれど、わしゃもう人間に生まれて来ようとは思わんわい。こんな苦労の多い、正義の通らん人生はいやだわい。日本ちゅう国は、なんの識見もない卑しい人間が、掌にした権力を思うがままに振り回せる国なんぢゃ。こんな国では多くの国民が可哀想でならないから、多くの肉親を泣かしてまで、わしゃこういう道に進んだのだ」

姉も妹も、声もかけられずに黙って聞いていた。涙だけがそれに応えるように流れつづけた。弟の正尚は、いくども頷いた。涙は止まらなかった。

看守部長に時間の催促をされ、みんなは最後のお別れをした。「では」とみんなが立ち上がったとき、西田は小声で言った。

「おれは殺されるとき、青年将校たちのように天皇陛下万歳は言わんけな。黙って死ぬるよ」

次に、上京したばかりの西田の母、初子の父、義弟が面会した。西田は詫びて許しを乞い、事後を託し、最後の別れをした。母と二人だけになった初子は、看守部長に「握手させてください」と頼み、母と息子に握手させた。西田の母は息子の手を握っても気丈に泣かなかった。

それから初子は、北一輝との面会を求め、すず子も西田との面会を求め、交互に面会して最後の別れをした。生涯を共にした別れがたい面々だった。

十八日に北一輝に面会したのは、黒沢次郎と馬場園義馬だった。黒沢には、大逆事件のころ食客として世話になり、それ以来、親御同然の面倒を見てもらった間柄だった。青い横縞の浴衣を着た北一輝は、ゆっくりと動かしていた渋団扇の手を止め、すぐに「やぁ」と微笑んで軽やかに力強く立ち上がった。黒沢たちは黙ったまま一礼した。腰を下ろした北一輝の顎髭は、ここ四、五日剃っていないほど伸びていたが、その屈託のない表情には、処刑を控えている人の悲愴感は微塵もなかった。

「先生」と言ったまま、馬場園はしばらく嗚咽しそうになるのを抑え、これまでの指導へのお礼と著書の復刊のことを述べた。

「君たちはもう一人前になっているのだから」と、北一輝は言った。「私の著書などに囚われず、国家のために努力をすれば宜しい。国家はここ十年ばかりの間に急変するよ。もっと早いかもしれない。四、五年のうちかもしれない。必ず、だいたい『改造法案』のようになるから、そのつもりで。……いろいろ刑務所（なか）で考えたのですが、この世の中はどうしても、最後は宗教でなければ治まりませんよ」

北一輝はかねがね考えていた。これから日本では、陸軍統制派が国家万能主義のファシズム体制を確立し、戦争を始めるだろう。これはまちがいなく世界を相手にした大戦になる。アメリカ、イギリス、ソ連、中国を敵に回した世界大戦だ。日本の全軍事力で死力を尽くしても、勝利の見込めない戦争だ。日本陸軍にとって敵国以上に憎い日本海軍と、日本海軍にとっても敵国以上に憎い日本陸軍とが、どのような適切な連携を見せるか、ここは見物だ。敗北の暁には、連合国が日本を占領し、かれらが使っている憲法を移植するはずだ。まず、天皇制は廃止され、財閥が解体され、国民には個人主義と自由主義による民主主義が入ってくる。だいたい『改造法案』に書いたとおりだ。

「魂を籠めて書いた書が六十枚ばかりあるから、これをみんなに分けてやってくれ給え。それから、刑務所の大川君に伝言をお願いしたいんだが、君たちなら、なんとか伝える方法があるだろう。大川君には、『大魔王観音』と認めた書を残しておるんだ。これが大川君を守っていると伝えてくれ。それからついでで申し訳ないが、『鹿島大明神』の書は大蔵栄一君に、『香取大明神』の書は菅波三郎君に渡してもらいたいんだ」

「たしかに承知いたしました」と馬場園は言ってから、「で、その『魔王観音』というのは？」と、訊いた。

北一輝はへへへと笑って言った。「わしぢゃよ」

大川が北一輝のことを「魔王」と呼んでいたのだとは伝えなかった。

「もう仰ることはなにもございませんか?」と、看守部長が催促した。

「もう、なにも言うことはありません」と、北一輝は朗らかな声で応えた。

「それでは」と三人は立ち上がった。「これにてお別れいたします」

北一輝も晴れ晴れとした表情で立ち上がって会釈し、馬場園たちが立ち去るのを静かに見送った。

午後、母リクが佐渡両津町の北家の菩提寺・勝広寺の浜松堯彰住職に付き添われて面会に来た。すっかり髪が白くなったリクは、旅の疲れを浮かべていたが、毅然としていた。

「男は、生きとる間」と、リクは言った。「好きんことをやって死ぬのがいちばんだ。父さんも好きん酒さんざん飲んで五十で死んだ。おめもじぶんの好きんことやって死んでゆくんだから、幸せだ。勝広寺の浜松大師がお経をあげてくださるそうだから、輝(てる)、ありがたく、心おきなく、成仏するんだよ」

深く首を垂れて聞いていた北一輝は、ひとつ大きく頷き、さらに深く首を垂れた。お経はあげてくれなくてもいいのだ。これまで自分はこの世を救うために《如来》として肉体をもった姿で暮らしていたが、これからは、存在の本質である魂だけの《真如》に戻るのだ。すなわち、《法身》である。肉体は滅びても、真理身としての法身は滅びない。その法身に戻れるのだ。これでやっと、幼少時代から苦しめられた肉体の桎梏から解放される時が訪れたのだ。

「満州国ができたころでしたか」と、突然思い出したように浜松住職は渋い声で言った。「勝広寺は屋根をぜんぶ瓦葺きにしましたが、その折に資金五百円を援助していただきましたが、遅ればせながら心からの感謝を申し述べておきます。お蔭さまで雨洩れの心配もなくなり、立派なお寺になりました」

北一輝は顔を上げて住職を見つめた。あれは昭和八年ころの話だった。よくこの場で思いだしたものだと北一輝は感心して言った。

「母さん、住職は酒が好きだから、うんと飲ませてやってくださいね」

それを聞くやいなや、リクは北一輝を睨みつけた。

「あすはこの世におらんもんが、人に酒を勧める馬鹿がどこんおる」

北一輝はぺろりと舌を出した。

その日の午後、初子はどうしても会いたくなって、もういちど面会を求めると許可が下りた。面会所で西田は、初子の差し入れた真っ白な縮の着物を着、団扇で扇いでいた。

「風呂にも入り、爪も切り、頭も刈った。きれいな体ときれいな心で、明日の朝を待っている」と、西田は言った。

初子は心を整え、まじまじと西田を見つめた。

「男として、やりたいことをやって来たから、思い残すことはなにもない。ただ、後に残るおまえには申し訳なく思っている。おまえに会えた幸せは、ずーと胸にしまっておくからな」

「あなた！」と、初子は泣き崩れた。「これから、どんな苦労をすることになろうと、これっぽちも後悔しておりません」

「それを聞いて、安心して死んでゆけるよ」

泣きながら初子は、鉄格子から手を伸ばした。初子の震えているその手を、西田はしっかり握り締めた。長い拘禁生活のあいだに、西田の骨っぽい手は女のように痩せ細っていた。が、力は籠っていた。二人は交互に掌に力を込め、衷心からの最期の熱い想いを相手に伝えた。面会室のドアの向こうへ去る時、真っ白な縮の西田は立ち止まり、「さよなら」と言った。刑死の後、初子に届けられた遺書に、西田の最期の歌が認めてあった。「君と吾と身は二つなりししかれども魂は一つのものにぞありける」。

北一輝は散髪が終わると、幾通もの今生のお別れの手紙を書いた。中野正剛、永井柳太郎、島野三郎、岩田愛之助、原田政治、実川時次郎ら、いずれも名残惜しい人たちだった。そして、大輝にも佐渡から持ってきた法華経の巻物に遺言を書いた。「父の想い出さるる時、父の恋しき時、汝の行路において悲しき時、迷へる時、怨み怒り悩む時、また楽しき嬉しき時、この経典を前にして南無妙法蓮華経と唱へ念ぜよ」「しからば神霊の父、直ちに汝のために諸神諸仏に祈願して、汝の求むるところを満足せしむべし」とし、「誦経三昧をもって生活の根本義とせよ」と結んでいる。

刑執行の前夜は、茹だるような暑い夜だった。すず子も初子も、汗だくになりながら遺骨を受け取ってからの準備を整えていた。先ほどは初子の家で仏壇の周りを二人で整えてきたばかりで、こんどは、すず子が初子に手伝ってもらいながら神仏壇の周りに白黒の幕を吊した。それぞれの家で、二人の合同葬儀という予定だった。二人とも骨壷は大小三つ用意した。ふたりは床に横になったが、夜を徹して起きていようと心に決めていた。

「西田さんはおいくつ？」

「数えで三十七です。ほんとは二カ月足りないんですけど。先生は？」

「五十五ばい」

「そうでしたか」と、初子は力なく言った。「運命というものは、本当にあるんですねえ。あの人、三十七歳というのを、とても気にしていたんです。その理由は、二人で新宿をそぞろ歩いていた宵に、大道易者に出会ってからなんです。易者に呼び止められたんですが、いつもはへへへと笑ってあばよ、というのが西田なんですが、その日はどうしたわけか『見てもらう』ということになって、頼んだんです。そしたら、『あなたは畳の上では死ねない相が出ている』と言うんです。その日はただそれだけだったんですが、あの人、子供のころ言われた運勢のことを思い出してしまったんですね。小さい頃、三十七歳までに大病か大事件が起きて長生きできない、それを無事乗り切ったら長命であると、言われたんだそうです。だから、それ以来、畳の上でごろっとなって休んでいるときも、『三十七か』と繰り返して、とても気にしていました。五・一五のときが三十二でしたが、それは辛うじて無事乗り切ったものの、次第になにかが迫ってきているように感じたんでしょうね。でも、ほんとうにそのとおりになるなんて、なんと運命って残酷なんでしょう……」

すず子は深く頷きながら聞いていた。

「子どものころ言われたことば、ずっと気にされとられたとは、ねぇ……。純真て言うか、純情て言うか。ふたりとも、どっこか通じるものがあったと。北もどっかほんとに子どものごと純情やったと。革命家でんなければ、政治家でんなく、ばってん学者なんかぢゃもちろんなかたい。どっか芸術家のごと、自分じしんの生涯のすみずみまでば、一枚の絵のごときれかに仕上げようて努力してはった気がすっけん」

初子は「きれいに仕上げようとした絵」と言われて、頷きながら慟哭した。

「西田の心は、ほんとうにきれいでした」と、涙を流したことを詫びながら初子は言った。

「五月に急性腹膜炎の手術だというので十日ほど泊まりこみましたが、会話の一言一言に、しみじみとした思い、愛おしみ、いたわりが滲んでいて、ほんとうにこの人の心はきれいなんだなあと、最高の幸せを感じました」

「手術も刑務所で?」

「いいえ、衛戍病院です。ですが、手術室ではなく病室での手術で、立会人として病室に付き添ったのです。本人の憔悴がひどくて麻酔ができないというので麻酔無しでしたから、それはそれは痛がりました。立会いの看守が卒倒してしまうほどの凄い手術で、握り合っていた私の手が、真っ白になって痺れがきて、何日も感覚がないままでした」

「大変やったんやなあえ。ふたりとも、よいことがあったけん、幸せやろう。あいのお蔭で、ほんとに人生の醍醐味ば思い知りたばい」

「私は、女として、これほどの真心を受けられたことが誇らしく、町に出て叫びたいほどなんです。最高の至福とでも言うんでしょうか。西田の親に反対されていた入籍も、死刑求刑の直後に果たされていましたし、西田の真心をいつも感じます」

二人は夜を徹して起きていた。

刑務所では、蒸せかえる暑さのなかで入浴の許可が下りると、みんな跳び上がらんばかりに喜んだ。入浴が終わると夕食となったが、ご馳走だったので、いよいよ明日ということは誰にも明らかだった。それでも、北一輝は看守に「いよいよ明日か?」と訊いた。看守は頷いた。

「今夜は」と、北一輝は言った。「早く寝て、ゆっくり眠ろう」

午後七時ごろ、一個十銭のアイスクリームが各人に二個支給された。みんなの喜びようはひとしおだった。

八時、看守長が見まわると、みんなすでに寝床に入っていた。この日、看守長の予想に反し、お経を唱える者はだれもいなかった。刑務所長・塚本定吉も心配になって、二回ほど巡視してまわったが、北一輝も西田もすでに高いびきで寝ていたので胸を撫で下ろした。十二時に看守長が見まわったときには、四人ともやや遠くからでも熟睡のいびきが響いてきた。

明け方、塚本は腕時計を見、しばらく躊躇ってから北一輝に声をかけた。

「もう、時間になりました」

「あぁ、そうか」と言って、北一輝はむっくりと起きあがった。「寝すぎましたか?」

「いえ、いつもより三十分早いのです」

八月十九日の朝だった。まだ外は薄暗く、尋ねると時間は四時半だった。

さっそく、食事が出た。食パンとフランスパンがそれぞれ一枚、果物二個、飲み物にミルクとサイダー一本がついていた。

食べ終わると看守の先導で、刑場から二十五メートルほど離れたテント張りの執行言い渡し場所まで移動することになった。北一輝はテントに向かう手前で、看守兵の平石光久に途中の部屋に呼び込まれた。最期の揮毫を頼むというのである。北一輝は快く応じた。


獄裏読誦ス妙法蓮華経、或ハ加護ヲ拝謝シ或ハ血涙ニ泣ク、迷界ノ凡夫古人亦斯クノ如キ乎　八月十九日　北一輝

平石はそれを物陰に隠し、なにくわぬ顔で部屋を出てテントの方に導いた。

そこで、四人がすべて顔を合わせた。

「北先生」

磯部は、毅然として神々しいほど晴れやかな北一輝に、心から嬉しそうな笑顔で一歩踏み出して声をかけた。「先生」「先生」と、西田も村中も嬉しそうに寄ってきた。毅然として悠揚迫らない北一輝の居ずまいが心強く映った。

「昨夜は、よく眠られたご様子ですね?」と、磯部が訊いた。

「ぐっすり寝たぞ」と言って、北一輝は呵々と大笑した。「しかし、最後の読経だけは怠らなかった」

「いえ、読経は聞こえませんでしたよ。聞こえたのは、天地を震わすようないびきだけです」と、磯部は冷やかすように言った。

「情けない。あれがいびきに聞こえたか。法華経を乗せていたんだが」

「いえ、聞こえたのはいびきだけです」

「となると、おまえ、ここでもう少し修行を積まなきゃならんことになってしまうが……」

一同みんな、腹を抱えて笑った。

「いびきは、自分もそうなんです」と、西田が言って頭を掻いた。「妻によれば、自分の、すごいそうです」

「おまえもか。これまで維新の同志だとばかり思っていたが、いびきの同志だったのか！」

「なんだ、おまえもそうなのか！」と磯部は笑った。

と、村中も笑いながら言った。

このとき、向こうの渡り廊下から、静かにやってくる人影が見えた。塚本刑務所長のようだった。重々しくゆっくりとした足どりだった。声をかけるにはまだまだ遠いのに、磯部が大きな声を上げて遠くに呼びかけた。

「所長殿！　長いあいだ、いろいろお世話になりました！」

塚本所長は、力なくゆっくりと歩いてきた。足取りは、いかにも重々しかった。やっと近づいてきて足を止めると、みんなに一礼した。

「お別れの時が来てしまいました」と、塚本は粛然と告げた。

村中も西田も北一輝も塚本に声をかけ、感謝の意を伝えた。看守たちにもお礼を言った。塚本から死刑執行が言い渡されると、その場で一人ずつ目隠しをされていった。

「わしは、こんなものはいらん」と、北一輝は毅然として言った。

「いえ、これは規則ですから」と、看守が畳みかけた。

白い布の額の真ん中部分に、墨で×印が付けられた。照準の位置だった。

目隠しの終わった西田が訊いた。

「先生は、天皇陛下万歳をなさるんですか?」

一瞬、その場の空気が張りつめるのが分かった。磯部も村中も身構えた。

すぐに、北一輝の凛とした清々しい声が響きわたった。

「そんな形だけの見苦しい芝居なんぞ、わしはやらんよ」

西田の目隠しから覗いた口は、わが意を得たりと言いたげに微笑んでいた。磯部は納得したように大きくいくども頷いた。村中はじっとしていた。

刑架のそばまで連れてゆかれた。刑架は檜の五寸角のもので、地面には真新しい菰が敷かれていた。昨年、青年将校らの執行後に元に戻された場所に、改めて造作された刑場だった。

「ここでお坐りください」と、看守が言った。

「ああ、坐るのですか」と、北一輝は意想外と言わんばかりの感嘆の声をあげた。「それは結構ですねぇ。耶蘇や佐倉宗吾のように立ってやるのはいけませんね」

だれもみな、粛然と位置についた。北、磯部、村中、西田の順に横一列になった。頭部と両腕はしっかりと刑架に縛りつけられていた。五時五十分、十メートルの距離から、銃声が響きわたった。西田は五十一分、北一輝は五十二分、磯部と村中は五十三分に絶命した。

時代は下って昭和二十年十月十七日、連合国軍最高司令官による政治犯の釈放要求を意識した大赦令（勅令第五七九号）が発令され、「陸軍刑法の叛乱罪を犯した者（二・二六事件受刑者含む）」が赦免された。また翌二十一年十一月三日、太平洋戦争終結と日本国憲法の公布に伴う大赦令（勅令第五一一号）によって、二・二六事件に関係して叛乱罪に問われ有罪となった者たち全員が赦免された。事件直後に自決した野中四郎と河野寿は、裁判以前の死亡だったため、この大赦の対象にならなかった。

〔完〕

取材協力者への謝辞

この小説を仕上げるに当たり、資料やエピソードの提供、資料入手の取り計らいなど、多くの方々のご協力を賜わった。小説の第一稿は、三千枚に及ぶ長大な作品であったが、この第一稿段階でお世話になった方々をここにご芳名を記して、深甚の謝意を表す。敬称は略し順不同に列記した。

沼田哲、田中圭一、山本修巳、風間進、本間礼子、堀部春郎、田端榮祉郎、三浦秀子、藍原秋子、梶春治、松本健一、出山正、山本眞理子、岩田雅、古沢襄、石見喜三郎、中島貞夫、山本誠、川上博昭、西沢昭裕、斎藤秀雄、濱松柳志、渡邊清香、坂野喜太、不死川慶浄、渡辺ヤエ、渡辺千枝子、荒井洌、荒井都代子、柴田茂、出山照代、岩田邦英、泉孝英、青木大祐、浜田裕造、山田詩乃武、橋爪大三郎、青木貞茂。

大学の同級生で歴史学者の沼田哲氏は、誠に残念なことに小説執筆の途中で早逝されてしまったが、形見として残された『国史大辞典』が氏に成り代わって日本歴史の深部に導いてくれることになった。

また、長大な作品は様々な事情で日の目を見なかったが、新たに仕上げた本作品がこのように刊行の運びとなったのは、ひとえに花伝社・佐藤恭介編集部長の推挙に与るものであり、ここに厚く御礼申し上げます。

最後に、二〇〇三年の退職から二十年に及ぶ著作の長い濃密な時間を妻政子が共にしてくれたことは、なにものにも替えがたい喜びであり、励ましでもあった。ここに一筆書き留めて、心からの深い感謝の気持ちを捧げたい。

参照文献

①北一輝著作／北一輝論／北一輝評伝／北一輝逸話関係
五十嵐暁郎編『「北一輝」論集』三一書房、一九七九年
稲邊小二郎『一輝と昤吉　北兄弟の相克』新潟日報事業社、二〇〇二年
岩瀬昌登『北一輝と超国家主義』雄山閣、一九七四年
大川周明「北一輝君を憶ふ」、『大川周明全集』第四巻所収、岩崎書店、一九六二年
小笠原長生「北一輝君の思ひ出」、『新勢力』第一〇巻第二号所収、新勢力社、一九六五年
岡本孝治『北一輝　転換期の思想構造』ミネルヴァ書房、一九九六年
長田實「北一輝を語る」、『祖國』十一月号所収、祖国会、一九四〇年
北一輝『北一輝著作集』第一巻〜第三巻、みすず書房、一九七五〜八年
北一輝自筆修正版、長谷川雄一／C・W・A・スピルマン／萩原稔編『国体論及び純正社会主義』ミネルヴァ書房、二〇〇七年
北昤吉『思想と生活　附兄北一輝を語る』日本書荘、一九三七年
北昤吉『哲学行脚』新潮社、一九二六年
久野収「超国家主義の一原型」、加藤周一／久野収他編『近代日本思想史講座４　知識人の生成と役割』所収、筑摩書房、一九五九年
粂康弘『北一輝　ある純正社会主義者』三一書房、一九九八年
黒沢次郎「北一輝小伝」、『新勢力』第一〇巻第二号所収、新勢力社、一九六五年

小松辰蔵／田中圭一他『佐渡歴史文化シリーズⅣ　北一輝と佐渡』中村書店、一九八四年
G・M・ウィルソン『北一輝と日本の近代』（岡本孝治訳）、勁草書房、一九九四年
清水元『〈評伝・日本の経済思想〉北一輝――もう一つの「明治国家」を求めて』日本経済評論社、二〇一二年
杉森久英『伝説と実像　昭和人物伝』新潮社、一九六七年
高橋和巳「順逆不二の論理――北一輝」、松田道雄編『二〇世紀を動かした人々一三　反逆者の肖像』所収、講談社、一九六三年
高橋康雄『北一輝と法華経』第三文明社、一九七六年
竹内好「北一輝」、『竹内好全集』第八巻所収、筑摩書房、一九八〇年
滝村隆一『北一輝　日本の国家社会主義』勁草書房、一九七三年
竹山護夫「北一輝の研究」、『竹山護夫著作集』第一巻所収、名著刊行会、二〇〇五年
田中惣五郎『増補版　北一輝――日本的ファッシストの象徴』三一書房、一九七一年
利根川裕『近代人物叢書五　北一輝　革命の使者』人物往来社、一九六七年
豊田穣『革命家北一輝――「日本改造法案大綱」と昭和維新』講談社、一九九一年
橋爪大三郎『面白くて眠れなくなる社会学』ＰＨＰ研究所、二〇一四年
橋爪大三郎『日本経済新聞』「半歩遅れの読書術」、二〇〇八年九月七日朝刊
長谷川義記『北一輝』紀伊國屋書店、一九九四年
長谷川義記『よみがえる北一輝――その思想と生涯』上下巻、月刊ペン社、一九七三年
花田清輝「北一輝」、荒正人他著『近代日本の良心』所収、光書房、一九五九年
馬場園義馬「北一輝先生の面影」、『新勢力』第一〇巻第二号所収、新勢力社、一九六五年
藤巻一保『魔王と呼ばれた男　北一輝』柏書房、二〇〇五年

古屋哲夫「北一輝論1～5」、『人文学報』第三六／三八／三九／四一／四三号所収、一九七三／一九七四／一九七五／一九七六／一九七七年
松沢哲成編『人と思想　北一輝』三一書房、一九七七年
松本健一『北一輝論』講談社、一九九六年
松本健一『評伝　北一輝』Ⅰ～Ⅴ巻、岩波書店、二〇〇四年
松本健一編『北一輝　霊告日記』第三文明社、一九八七年
松本健一『北一輝の革命――天皇の国家と対決し「日本改造」を謀った男』現代書館、二〇〇八年
松本清張『北一輝論』講談社、一九七六年
宮川悌二郎『北一輝のこころ』大東塾出版部、一九七五年
宮台真司「亜細亜主義と北一輝――二十一世紀の亜細亜主義」、MIYADAI．com Blog．二〇〇四年一月三十一日
宮本盛太郎編『北一輝の人間像――「北日記」を中心に』有斐閣、一九七六年
宮本盛太郎『北一輝研究』有斐閣、一九七五年
村上一郎『北一輝論』三一書房、一九七二年
矢次一夫「革命児北一輝の素描」、『昭和人物秘録』所収、新紀元社、一九五四年
矢野久義『北一輝と幻の維新革命――昭和クーデター史』社会評論社、一九九一年
渡辺京二『北一輝』朝日新聞社、一九八七年

②西田税・満川亀太郎・末松太平・出口王仁三郎関係著書／逸話関係

末松太平『私の昭和史』みすず書房、一九六三年

須山幸雄『西田税　二・二六への軌跡』芙蓉書房、一九八二年
谷川健一／鶴見俊輔／村上一郎責任編集『ドキュメント日本人3　反逆者――末松太平・朝日平吾・金子ふみ子・磯部浅一・西田税・北一輝・大杉栄他』學藝書林、一九七六年
出口京太郎『巨人　出口王仁三郎』講談社、一九六七年
西田税「戦雲を麾く――西田税自伝」、谷川健一／鶴見俊輔／村上一郎編『ドキュメント日本人3　反逆者』所収、學藝書林、一九六八年
満川亀太郎『三国干渉以後』復刻版、伝統と現代社、一九七七年
満川亀太郎著、長谷川雄一／C・W・A・スピルマン／福家崇洋編『満川亀太郎日記　大正八年～昭和一一年』論創社、二〇一一年
百瀬明治『カリスマ性と合理性をあわせもつ男　出口王仁三郎の生涯』PHP研究所、一九九一年

③一般論説／国家論／国家主義（ナショナリズム）関係
浅羽通明『ナショナリズム――名著でたどる日本思想入門』筑摩書房、二〇〇四年
浅羽通明『右翼と左翼』幻冬舎、二〇〇六年
加藤典洋『日本の無思想』平凡社、一九九九年
萱野稔人『国家とはなにか』以文社、二〇〇五年
萱野稔人『新・現代思想講義　ナショナリズムは悪なのか』NHK出版、二〇一一年
国史大辞典編集委員会編『国史大辞典』一～一四巻、吉川弘文館、一九七九～一九九三年
竹内好『竹内好全集』第四巻「近代とは何か」、筑摩書房、一九八〇年
竹内好『竹内好全集』第八巻「近代の超克」、筑摩書房、一九八〇年

竹田青嗣／小林よしのり／橋爪大三郎『ゴーマニズム思想講座／正義・戦争・国家論／自分と社会をつなぐ回路』径書房、一九九七年
橋川文三『ナショナリズム　その神話と論理』紀伊国屋書店、一九七八年
三宅雪嶺『同時代史』全六巻、岩波書店、一九六七年
山口定『ファシズム』有斐閣、一九九一年
吉本隆明編『現代日本思想大系4　ナショナリズム』筑摩書房、一九六九年

④昭和史（初期）／右派回想録

大川周明『日本二千六百年史』第一書房、一九三九年
加藤陽子『シリーズ日本近現代史5　満州事変から日中戦争へ』岩波書店、二〇〇七年
加藤陽子『天皇の歴史8　昭和天皇と戦争の世紀』講談社、二〇一一年
萱野長知『中華民国革命秘笈　附中華革命軍陣中日誌、支那革命實見記』アイシーメディックス、二〇〇四年
北岡伸一『日本の近代5　政党から軍部へ』中央公論新社、一九九九年
北岡伸一『日本陸軍と大陸政策』東京大学出版会、一九七九年
木村時夫『日本ナショナリズム史論』早稲田大学出版部、一九七三年
児玉幸多他編『図説日本文化史大系』第一二巻、「改訂新版　大正昭和時代」小学館、一九六七年
筒井清忠編『昭和史講義　最新研究で見る戦争への道』筑摩書房、二〇一五年
筒井清忠編『昭和史講義2――専門研究者が見る戦争への道』筑摩書房、二〇一六年
秦郁彦『軍ファシズム運動史』原書房、一九八〇年
原彬久『岸信介――権勢の政治家』岩波書店、一九九五年

松本清張『昭和史発掘』一〜一三巻、文藝春秋、一九七四年
矢次一夫『政変昭和秘史――戦時下の総理大臣たち』上巻、サンケイ出版、一九七九年
矢次一夫『昭和動乱私史』上中下巻、経済往来社、一九八五年
矢次一夫『天皇・嵐の中の五十年』矢次一夫対談集Ⅰ、原書房、一九八一年
柳澤健『池田成彬述　財界回顧』世界の日本社、一九五一年

⑤右派思想／国家主義／日本主義／超国家主義／アジア主義／評伝／回想録関係

井上日召『一人一殺』新人物往来社、一九七二年
今井清一／高橋正衛編『現代史資料4　国家主義運動一』みすず書房、一九六五年
臼杵陽『大川周明　イスラームと天皇のはざまで』青土社、二〇一〇年
大川周明『日本文明史』大鐙閣、一九二一年
大川周明『復興亜細亜の諸問題』明治書房、一九三九年
大川周明顕彰会編『大川周明日記』岩崎学術出版社、一九八六年
小沼正『一殺多生　血盟団事件・暗殺者の手記』読売新聞社、一九七四年
笠木良明遺芳録出版委員編『笠木良明遺芳録』笠木良明遺芳録刊行会、一九六〇年
片山杜秀『近代日本の右翼思想』講談社、二〇〇七年
久野収、鶴見俊輔「日本の超国家主義――昭和維新の思想」、『現代日本の思想』所収、岩波書店、一九九九年
萱野長知『中華民国革命秘笈　附中華革命軍陣中日誌、支那革命實見記』アイシーメディックス、二〇〇四年
黒龍会編『東亜先学志士記伝』上中下巻／明治百年史叢書第二二〜二四巻、一九八一年
清水行之助『大行　清水行之助回想録』原書房、一九八二年

末松太平『私の昭和史』みすず書房、一九六三年
滝沢誠『近代日本右派社会思想研究』論創社、一九八〇年
竹内好「日本のアジア主義」「大川周明のアジア研究」、『竹内好全集』第八巻、筑摩書房、一九八〇年
津久井龍雄『異端の右翼――国家社会主義とその人脈』新人物往来社、一九七五年
津久井龍雄『右翼』昭和書房、一九五二年
中島岳志『血盟団事件』文藝春秋、二〇一三年
中谷武世『昭和動乱期の回想　中谷武世回顧録』上下巻、泰流社、一九八九年
満鉄会・嶋野三郎伝記刊行会編『嶋野三郎・満鉄ソ連情報活動家の生涯』原書房、一九八四年

⑥昭和天皇／秩父宮／天皇制論／歴代天皇関係
芦澤紀之『秩父宮と二・二六』原書房、一九七三年
網野善彦他編『岩波講座　天皇と王権を考える1　人類社会の中の天皇と王権』岩波書店、二〇〇二年
イザヤ・ベンダサン『日本教について』文藝春秋、一九七二年
笠原英彦『歴代天皇総攬』中央公論新社、二〇〇二年
久野収／神島二郎編『「天皇制」論集』三一書房、一九七五年
『現代のエスプリ』「天皇制」至文堂、一九七〇年
小林よしのり『ゴーマニズム宣言　天皇論』小学館、二〇〇九年
小林よしのり『ゴーマニズム宣言　昭和天皇論』幻冬舎、二〇一〇年
竹内好「権力と芸術」、『竹内好全集第七巻』筑摩書房、一九八一年
寺崎英成／マリコ・テラサキ・ミラー編『昭和天皇独白録』文藝春秋、二〇〇六年

中尾裕次編／防衛庁防衛研究所戦史部監修『昭和天皇発言記録集成』上巻、芙蓉書房出版、二〇〇三年
原武史『昭和天皇』岩波書店、二〇〇八年
古川隆久『昭和天皇「理性の君主」の孤独』中央公論新社、二〇一一年
古川隆久『昭和史』筑摩書房、二〇一六年
福田和也『昭和天皇』第一～四部、文藝春秋、二〇〇八～二〇一〇年
不死川慶浄編『それぞれの風景　鳳凰来儀――明教寺史』明教寺、一九八六年
文春新書編集部編『昭和天皇の履歴書』文藝春秋、二〇〇八年
保阪正康『秩父宮と昭和天皇』文藝春秋、一九八九年
本郷和人『天皇はなぜ万世一系なのか』文藝春秋、二〇一〇年
松本三之介『天皇制国家と政治思想』未来社、一九八四年
松本健一『畏るべき昭和天皇』毎日新聞社、二〇〇七年
山田朗『昭和天皇の軍事思想と戦略』校倉書房、二〇〇二年
吉本隆明『詩的乾坤』「天皇および天皇制について」国文社、一九七四年
吉本隆明『〈信〉の構造第三部　全天皇制・宗教論集成』春秋社、一九八九年

⑦二・二六事件／二・二六事件手記／五・一五事件関係
芦澤紀之『秩父宮と二・二六』原書房、一九七三年
今井清一・高橋正衛編『現代史資料4　国家主義運動1』みすず書房、一九六五年
NHK取材班『二・二六事件秘録　戒厳司令「交信ヲ傍受セヨ」』日本放送出版協会、一九八〇年
大蔵栄一『最後の青年将校　二・二六事件への挽歌』読売新聞社、一九七三年

大谷敬二郎『昭和憲兵史』みすず書房、一九六六年
大橋秀雄『ある警察官の記録　戦中・戦後三十年』みすず書房、一九六七年
北博昭『二・二六事件　全検証』朝日選書七二一、朝日新聞社、二〇〇三年
北村時夫『北一輝と二・二六事件の陰謀』恒文社、一九九六年
木戸幸一『木戸幸一日記』上下巻、東京大学出版会、一九六六年
河野司編『二・二六事件――獄中手記・遺書』河出書房新社、一九七七年
小坂慶助『特高』啓友社、一九五三年
澤地久枝『妻たちの二・二六事件』中央公論社、一九七二年
須山幸雄『西田税　二・二六への軌跡』芙蓉書房、一九八二年
高橋正衛『二・二六事件――「昭和維新」の思想と行動』中央公論社、一九八〇年
高橋正衛編『現代史資料5　国家主義運動2』みすず書房、一九六五年
立野信之『叛乱』上下巻、ぺりかん社、一九八〇年
筒井清忠『二・二六事件とその時代――昭和期日本の構造』筑摩書房、二〇〇六年
寺内大吉『化城の昭和史　二・二六事件への道と日蓮主義者　上・下』中央公論新社、一九九六年
中田整一『盗聴　二・二六事件』文藝春秋、二〇〇七年
橋川文三『昭和ナショナリズムの諸相』筒井清忠編・解説、名古屋大学出版会、一九九八年
橋川文三『昭和維新試論』朝日新聞社、一九八四年
橋川文三『増補　日本浪曼派批判序説』未来社、一九六五年
橋川文三編『現代日本思想大系三一　超国家主義』筑摩書房、一九七〇年
秦郁彦『昭和史の謎を追う』上巻、文藝春秋、二〇〇〇年

林茂／伊藤隆／松沢哲成／竹山護夫他編『二・二六事件秘録』一〜三巻、別巻、小学館、一九七一年
林政春『陸軍大将　本庄繁』青州会陸軍大将本庄繁伝記刊行会、一九六七年
原秀男／澤地久枝／匂坂哲郎編『検察秘録五・一五事件　匂坂資料1〜4』Ⅰ〜Ⅳ巻、角川書店、一九九一年
原秀男／澤地久枝／匂坂哲郎編『検察秘録二・二六事件　匂坂資料5〜8』Ⅰ〜Ⅳ巻、角川書店、一九九一年
福本亀治『兵に告ぐ』大和書房、一九五四年
別宮暖朗「昭和十一年体制の呪縛」、『文藝春秋』三月号所収、文藝春秋、二〇〇八年
ベン＝アミ・シロニー『日本の叛乱――青年将校たちと二・二六事件』（河野司訳）河出書房新社、一九七五年
保阪正康『秩父宮と昭和天皇』文藝春秋、一九八九年
保阪正康『五・一五事件――橘孝三郎と愛郷塾の軌跡』中央公論新社、二〇〇九年
本庄繁『本庄日記』原書房、一九八九年
牧久『特務機関長許斐氏利――風淅瀝として流水寒し』ウェッジ、二〇一〇年
松沢哲成／鈴木正節『二・二六と青年将校』三一書房、一九七四年
松本一郎『二・二六事件裁判の研究――軍法会議記録の総合的検討』緑蔭書房、一九九九年
松本清張『二・二六事件』一〜三巻、文藝春秋、一九八六年
松本清張／藤井康栄編『二・二六事件＝研究資料』Ⅰ〜Ⅲ巻、文藝春秋、一九九三年
みすず書房編集部編『ゾルゲの見た日本』みすず書房、二〇〇三年

⑧仏教／法華経／日蓮関係

植木雅俊『思想としての法華経』岩波書店、二〇一二年
坂本日深監修／田村芳朗他編集『講座日蓮1　日蓮と法華経』春秋社、一九七八年

坂本幸男／岩本裕訳『法華経』上中下巻、岩波書店、一九七六年
鈴木大拙『日本的霊性』岩波書店、一九七一年
田村芳朗『法華経　真理・生命・実践』中央公論社、一九七五年
塚本啓祥他『法華経入門――永遠のいのちを生きる』大法輪閣、二〇〇三年
橋爪大三郎／大澤真幸『ゆかいな仏教』サンガ、二〇一三年
三田誠広『三田誠広の法華経入門』佼成出版社、二〇〇一年

中川芳郎（なかがわ・よしろう）
1942年佐渡島に生まれる。1966年東京大学仏文科卒業、医学書院入社。
1970年群像新人文学賞準賞（作品『埋葬』)。1970年『埋葬』（講談社）刊行。
1972年『群像』四月号に『島の光』掲載、前期芥川賞候補となる。自費出版で、
1987年『蜜月旅行』(『島の光』所収、沖積舎)、1991年『BMWで行こう』(沖積舎)
刊行。1995年医学書籍編集部長から辞書編集室長となる。2003年『医学大辞典』
刊行、医学書院を60歳定年退職。
2011年首都圏佐渡連合会主催、表参道新潟館ネスパスで講演「新しい北一輝像
——国賊ではなかった」。

北一輝がゆく——国家改造法案と二・二六事件

2024年1月30日　初版第1刷発行

著者 ——中川芳郎
発行者 —平田　勝
発行 ——花伝社
発売 ——共栄書房
〒101-0065　東京都千代田区西神田2-5-11出版輸送ビル2F
電話　03-3263-3813
FAX　03-3239-8272
E-mail　info@kadensha.net
URL　https://www.kadensha.net
振替 ——00140-6-59661
装幀 ——黒瀬章夫（ナカグログラフ）
印刷・製本—中央精版印刷株式会社

©2024　中川芳郎
本書の内容の一部あるいは全部を無断で複写複製（コピー）することは法律で認められた場合を除き、著作者および出版社の権利の侵害となりますので、その場合にはあらかじめ小社あて許諾を求めてください

ISBN978-4-7634-2100-5 C0093